André Link

Eismeerzar

Iwan VI. und die grausamen Kaiserinnen

Historischer Roman

www.tredition.de

© 2019 André Link

Verlag und Druck: tredition GmbH, Hamburg

Coverfoto: Danielle Biver

ISBN
Paperback: 978-3-7482-0674-3
Hardcover: 978-3-7482-0675-0
e-Book: 978-3-7482-0676-7

André Link

Eismeerzar

Iwan VI. und die grausamen Kaiserinnen

Historischer Roman

„Ich bin ermüdt, ich hab geführt
Des Tages Bürd: Es muss eins Abend werden.
Erlös mich, Herr, spann aus den Pflug.
Es ist genug! Nimm von mir die Beschwerden."

Herzog Anton Ulrich von
Braunschweig-Wolfenbüttel (1633-1714)

Personenverzeichnis

Peter I., *Zar*

Katharina I. (Jekaterina), *seine Gattin, Zarin*

Alexej Petrowitsch, *Sohn Peters I. aus erster Ehe*

  Charlotte von Braunschweig-Wolfenbüttel, *seine Gattin*

Peter II., *beider Sohn, Zar*

Töchter Peters I.:

Elisabeth (Elisawetta) Petrowna, *Zarin*

Anna Petrowna

  Herzog Karl-Friedrich von Holstein-Gottorp, *ihr Gatte*

(Karl) Peter III., *beider Sohn, Zar*

Katharina II. (Jekaterina, eigentlich Sofie von

 Anhalt-Zerbst), *seine Gattin, Zarin*

Pawl *(Paul I.), beider Sohn, Zar*

Iwan V., *Halbbruder Peters I., Zar*

Seine Töchter:

Anna Iwanowna, *Zarin*

Katharina (Jekaterina)

  Herzog Karl Leopold von Mecklenburg-Schwerin,
ihr Gatte

Anna Leopoldowna (eigentlich Elisabeth), *beider Tochter, Regentin*

Prinz Anton Ulrich von Braunschweig-Wolfenbüttel,

ihr Gatte

Beider Kinder:

Iwan VI., *Zar*

Katharina (Käthe)

Elisabeth (Lieschen)

Pjotr (Peter)

Alexej

Geschwister von Prinz Anton Ulrich:

Karl I., *Herzog von Braunschweig-Wolfenbüttel*

Philippine Charlotte von Preußen, *seine Gattin*

Elisabeth Christine, *Königin von Preußen*

König Friedrich II. von Preußen, *ihr Gatte*

Luise Amalie

Prinz August Wilhelm von Preußen, *ihr Gatte*

Ludwig Ernst, *Herzog von Kurland*

Ferdinand

Juliane Marie, *Königin von Dänemark*

Erbprinz Frederik, *ihr Sohn*

Kronprinz Frederik (später König Frederik VI.), *ihr Stiefenkel*

Adlige am Hof von Sankt Petersburg:

Ernst Johann von Bühren (Biron), *Herzog von Kurland, Favorit der Zarin Anna*

Andreas Ostermann, *Premierminister*

Burkhard Christoph von Münnich, *Feldmarschall*

Katharina (Jekaterina) Dolgorukowa, *Braut Peters II.*

Elena Dolgorukowa, *ihre Schwester*

Hofdamen Anna Leopoldownas:

Julie (Julchen) von Mengden

Jakobina (Bina) von Mengden, *ihre Schwester*

Moritz Graf zu Lynar, *sächsischer Gesandter*

Flügeladjutanten von Prinz Anton Ulrich:

Friedrich (Fritz) von Heimburg

Hieronymus von Münchhausen

Erster Teil

1

„In Petersburg, Fritz, gibt es die besten Kachelöfen der Welt", sagte Prinz Anton Ulrich mit einer altväterlichen Allwissenheit, wie sie nur ihm eigen war.

Kachelöfen - von wegen! Was vermag die beste Heizung gegen Minustemperaturen bis in den April hinein, gegen Schneewehen, die wie Gebirge zum Himmel wachsen, gegen eine weiße Last, die Dörfer bis zur Spitze der Kirchtürme unter sich begräbt, gegen zugefrorene Seen, die das halbe Jahr unter einem Eispanzer liegen? Und in dieses frostige Land mussten nun wir beide. Anton Ulrich, weil sein Vater Herzog von Braunschweig-Wolfenbüttel war, seine Tante deutsche Kaiserin und seine Schwester angehende Königin von Preußen. Ich, weil ich als sein Kornett ihm nicht von der Seite zu weichen hatte.

Noch kurz vor der Abreise hatte er mich zu seinem Flügeladjutanten ernannt. Für einen Landjunker aus Blankenburg, dessen Vorfahren noch fünf Generationen zuvor die Wälder des Harzes gerodet hatten, eine nicht unbeträchtliche Ehre. Die Uniform mit den breiten Ärmeln und den blitzenden Litzen stand mir gut, und in Gedanken schwang ich bereits die Standarte, die ich einem kaiserlich-russischen Kürassierregiment durch Tundra und Taiga vorantragen sollte.

Dem Beispiel meines Herrn folgend, wappnete ich mich mit Gelassenheit. In der Tat war Anton Ulrich das Paradebeispiel eines Stoikers. Sah man seine schweren Augenlider und sein gelbes Haupthaar über seinen Leibnitz geneigt, wusste man, dass diesen Fürstenspross nichts erschüttern konnte. Eigentlich hatte ihn sein phlegmatisches Wesen für eine Universitätsaula oder einen Bischofsstuhl vorbestimmt, als Sohn des Herzogs von Braunschweig blieb ihm aber nichts anderes übrig, als ein Schlachtross zu besteigen und eine Thronerbin zu heiraten. Beides nahm er mit dem Pflichtbewusstsein auf sich, das einem mustergültig dazu erzogenen Welfen zukam.

Bevor es in die Tundra ging, warteten wir die Hochzeitsfeierlichkeiten ab, die Herzog Ferdinand Albrecht mit Pracht und Prunk seiner Tochter auf Schloss Salzdahlum ausrichtete. Arme Elisabeth Christine: Hätte sie geahnt, was sie an der Seite dieses kalten Fisches von Hohenzollernprinzen erwartete, sie hätte sich im Burggraben von Salzdahlum ertränkt.

Sie aber war nichtsahnend, und auch uns schwante nicht, was uns in Russland erwartete. Überall, wo unsere Expedition passierte, erwies man dem Grafen Stolberg (unter diesem Namen reiste mein Herr) und seiner Begleitung die gebührenden Ehren. Hieronymus von Münchhausen, mein früherer Stubenkamerad, führte die kleine Reitereskorte an, neben uns im Wagen saß Pastor Jörg Bachmann, den wir wegen seiner Russischkenntnisse mitgenommen hatten. Dass er diese Kenntnisse lediglich aus Büchern bezog und die einfachsten Wörter nicht auszusprechen wusste, sollten wir zu unserem Leidwesen erst im weiteren Verlauf der Reise erfahren.

Als der gewichtige Seelsorger uns schließlich verriet, dass russische Verben zwei Aspekte, aber nur eine Vergangenheitsform haben, die Dingwörter und Adjektive sich in sieben grammatischen Fällen deklinieren und selbst die Zahlwörter einen Wurm von komplizierten Beugungen hinter sich her schleppen, winkten wir stöhnend ab. Nun, Anton Ulrich war ein Tüftler und hatte ganze Tage in der sagenumwobenen Hofbibliothek von Wolfenbüttel verbracht. Er hatte uns das eingebrockt, mochte er die Ungereimtheiten dieser barbarischen Sprache in den Griff bekommen!

Kurzweil fand Prinz Anton während der wochenlangen Fahrt in seinen Büchern, und zwischendurch amüsierten uns die Anekdoten und Geschichtchen, die Hieronymus in ununterbrochener lockerer Folge zum Besten gab. Er war wie ich gerade sechzehn geworden, und ich hatte mit ihm die unwahrscheinlichsten Abenteuer erlebt und die tollsten Späße ausgeheckt. Uns beide muntere Gesellen an seiner Seite zu haben tat dem Leisetreter-Prinzen ganz gut.

Ein kunterbunter Wirbel, drehte sich das Karussell der Reisebilder um uns. In Wismar trieben die Kirchtürme wie Schiffsrahen, in Stettin begrüßte uns der preußische Stadtkommandant Fürst Christian August von Anhalt-Zerbst. Dass uns hier der Vater einer künftigen Zarin und Widersacherin meines Herrn willkommen hieß, konnten wir ja nicht wissen … Diejenige, die einst Russland mit eiserner Faust regieren und, wie ihre Vorgängerinnen, uns das Leben schwer machen sollte, bekamen wir jedenfalls nicht zu Gesicht, da sie gerade erst den Windeln entwachsen war.

Beseligt unter dem Ansturm der auf uns einstürzenden Eindrücke schnupperte mein Prinz die Kathederluft von Königsberg ein, dann wagten wir uns nach Livland vor und bewunderten das Mitauer Schloss, in dem die Zarin als Herzogin von Kurland dahinvegetiert hatte, bevor sie Kaiserin wurde. Jetzt bewohnte, wenn er nicht gerade an ihrer Seite war, das Anwesen Annas Favorit Ernst Johann von Bühren, den man in Russland „Biren" aussprach, der sich aber am liebsten französisch als „Biron" anreden ließ.

Dass der mächtigste Mann im Staat sich der Importenz unserer Wenigkeit bewusst war, zeigte sich gleich bei unserer Ankunft in Riga: Biron schickte uns eine mit Zobeln vollgestopfte sechsspännige Kutsche und eine säbelrasselnde Dragonereinheit, die uns wie Könige nach Sankt Petersburg geleiteten.

2

Ich kam in Blankenburg zur Welt und wurde dort in der Bartholomäuskirche aus der Taufe gehoben. Da meine Eltern sich wenig um mich kümmerten, war ich mehr oder weniger mir selbst überlassen. Ein bisschen wuchs ich wie ein kleiner Wilder auf. Meiner gutmütigen Gouvernante und dem pedantischen Lehrer, der mich mit Französisch und Latein peinigte, entronnen, strolchte ich stundenlang zu Füßen des Ziegenbergs und des Struvenbergs herum. Ich watete barfuß durch den Goldbach, hob Vogelnester aus, stellte Eidechsen, Fröschen und Wieseln nach und löschte meinem

Durst im Moorwasser. Ich nehme an, all dem verdanke ich meine eiserne Gesundheit, die mich Temperaturen bis minus dreißig Grad trotzen lässt.

Als ich zwölf Jahre alt war, kam Ludwig Rudolf, Fürst von Blankenburg und angehender Herzog von Braunschweig-Wolfenbüttel, eines Tages zur Jagd. Der dicke Mann mit den Hamsterbacken und dem Wohlstandsbauch, der fast sein grünes Jagdwams sprengte, saß auf einem braunen Wallach, den man schwerlich für diese Last beneiden konnte.

Mit anderen Knaben der Umgebung schlug ich mich durch die Wälder und trieb Hasen und sonstiges Viehzeug vor das fürstliche Schießgewehr, damit es seine Beute bequem mit bloßer Krümmung des Zeigefingers abknallen konnte.

Das Resultat muss befriedigend gewesen sein, denn als die niedergemähten Hasen, Marder, Dachse und Eichhörnchen in säuberlichen Reihen vor ihm lagen, legte der Fürst, dem man gesagt hatte, dass ich mehr als ein Bauernlümmel war, seine tapsige Hand auf meinen Blondschopf und sagte: „Bon travail, mon gars. Du bist ein braver kleiner Kerl. Sag, willst du nicht als Page zu uns ins Schloss kommen?"

Mein Vater war gleich Feuer und Flamme. Wahrscheinlich sah er mich bereits auf edlem Streitross wie Prinz Eugen gegen Türken, Wallachen und sonstige Kreaturen ins Feld ziehen.

So kam ich nach Braunschweig und Wolfenbüttel. Zunächst musste ich Nachttöpfe leeren, auf dem Kutschbock sitzen, wenn die jeweiligen Herzöge (infolge mehrerer Sterbefälle gab es eine rasche Folge von Herrschaftswechseln) ausfuhren, sie zu Audienzen oder Kirchgängen begleiten.

Dann wurde ich Prinz Anton Ulrich zugeteilt, der mich in sein Regiment aufnahm. Ich hatte ihn schon früher inmitten seiner Geschwister von ferne im Schlosshof von Blankenburg erblickt und wusste, dass ich von diesem schlaksigen und ernsten jungen Mann nichts zu befürchten hatte. Jetzt konnte ich als braunschweigischer Kornett den Stallburschen Standpauken halten, wenn sie unsere Pferde nicht ordentlich gestriegelt hatten oder das Zaumzeug schief hing. Ich durfte aber auch die Stiefel meines Herrn putzen und sogar seinen Brustpanzer polieren. Dass man im achtzehnten Jahrhundert noch mit so einem Relikt aus dem Mittelalter herumlief, hatte mich zunächst verwundert, aber schneidig war es schon.

In Braunschweig lernte ich Hieronymus von Münchhausen kennen, der als Halbwaise früh an den Hof gekommen war. Dabei spielte sicherlich eine Rolle, dass sein Großvater, der wie er Hieronymus hieß, braunschweigischer Premierminister gewesen war. Da dessen Enkel aus den Niederungen, nämlich Bodenwerder an der Weser, kam, schaute ich zunächst etwas auf ihn herab. Nach einer zünftigen Rauferei wurden wir dann aber gute Freunde. Hatten wir gemeinsam etwas ausgeheckt oder ausgefressen, gab es schon mal Arrest oder Schläge. Zum Spießrutenlauf ist es – gottlob – nie gekommen.

Anton Ulrich war alles andere als ein strenger Herr. Er saß lieber über seinen Büchern als über seinem Reittier. Allerdings sah die Welfentradition eine militärische Laufbahn vor. Seine Brüder Ferdinand und Ludwig Ernst, die bereits ehrenhaft in kaiserlich-österreichischen oder preußischen Diensten standen, waren dafür begabter, und der verhinderte Scholar machte es ihnen nach, so gut er konnte.

Mit seinen dreizehn Geschwistern war Anton Ulrich auf den Gütern seines mütterlichen Großvaters Ludwig Rudolf (derselbe, dem ich die Jagdbeute vor die Flinte trieb) von seiner Mutter Antoinette Amalie unprätentiös, aber liebevoll großgezogen worden. Herzog von Braunschweig war damals August, der älteste Sohn des kunstsinnigen und auch dichterisch talentierten Herzogs Anton Ulrich. Sowohl August wie auch Ludwig Rudolf starben nach kurzem Regnum, und so ging das vereinte Herzogtum Braunschweig-Lüneburg-Wolfenbüttel an Ferdinand Albrecht II. aus der Linie Bevern über, und der war Anton Ulrichs Vater.

3

Im Sommer 1733 ging es nach Berlin. Herzog Ferdinand Albrecht suchte sich durch eine ausgeklügelte Heiratspolitik Preußen zu nähern, und so wurde jetzt die Vermählung seines ältesten Sohnes Karl mit der Hohenzollernprinzessin Philippine Charlotte gefeiert.

Berlin verblüffte uns in mehr als einer Hinsicht. Hier brannten die Straßenlaternen die ganze Nacht, und der Kehricht wurde nicht einfach in die Spree gekarrt, sondern von einem speziell dafür vorgesehenen Fuhrwerk weggebracht. Und hatte man unterwegs ein dringendes Bedürfnis, so standen, um sich der anfallenden Last anzunehmen, überall dienstbare Geister mit Kübeln bereit.

König Friedrich Wilhelm hatte Textilmanufakturen, Banken und die allgemeine Schulpflicht ins Leben gerufen, war aber im Übrigen als trinkfester Grobian bekannt, der am liebsten mit seinem „Tabakskollegium" beim Zechen saß. Seinen Spitznamen „Soldatenkönig" trug er nicht umsonst. Besonders stolz war er auf seine „Langen Kerls", die er aus ganz Europa für seine Garde zusammentrommelte.

In Berlin gab es nichts als Truppenparaden. Alles war militärisch, das sah man bereits an den Kriegermasken am Zeughaus. Da hatten es die Kinder des Königs nicht leicht, die er auch noch im Erwachsenenalter an einem straffen Gängelband hielt. Muße, ihren geistigen Neigungen nachzugehen - die Prinzessinnen Wilhelmine und Amalie komponierten, und auch Kronprinz Friedrich widmete sich gerne dieser Kunst - hatten sie kaum. Mit Letzterem wäre Ulrich Anton gerne ins Gespräch gekommen, aber das ließ der König nicht zu, der wie ein grimmiger Fleischerhund im Hintergrund lauerte. So musste Anton Ulrich es bei gelegentlichen Plaudereien mit seiner künftigen Schwägerin Philippine bewenden lassen, die wie er Christian Wolff und Salomon Gessner las.

Wir hatten wenig Zeit, einen Blick auf die königlichen Schlösser in Berlin, Potsdam und Charlottenburg zu werfen, da ging es schon wieder nach Hause. Herzog Ferdinand Albrecht hatte eine Überraschung für Anton Ulrich. Mit Graf Gustav von Löwenwolde, der im Auftrag der Kaiserin Anna Iwanowna durch Europa reiste, war ein Handel zustande gekommen. Wenn er sich am Riemen risse, so eröffnete der Herzog stolz seinem Sohn, könne er eine ebenso gute Partie wie seine Geschwister machen und eine künftige Zarin von Russland heiraten.

4

So etwas hatten unsere Augen noch nicht gesehen: Da reihten sich die Adelspaläste aneinander, und einer prächtiger beleuchtet als der andere. Die Petersburger schienen ein Vermögen an Kerzen und Laternen auszugeben! „Wo ist denn die Newa?", fragte Anton Ulrich Leutnant von Boyer, der unsere berittene Eskorte befehligte.

„Sie liegt Euch zu Füßen", antwortete der Leutnant. „Nur, sie ist gefroren."

In der Tat, was wir für Reflexe auf dem Straßenpflaster gehalten hatten, waren gelb und blau angestrahlte Eisschollen. Eisschollen… In Wolfenbüttel blühten jetzt die Astern, und die Boskette hingen voller Äpfel und Birnen …

In einem veilchenblauen Meer trieb am Newaufer die kaiserliche Residenz, der Winterpalast, der von Tausenden violetter Lampions beleuchtet war. Wir schritten über Hunderte Treppenstufen und durch endlose Saalfluchten, krampfhaft bemüht, uns unsere Erregung nicht anmerken zu lassen, aber uns schlug das Herz bis zum Hals.

Wir wurden in einer riesigen Thron- und Empfangshalle erwartet. Anna Ioannina - so hieß sie offiziell - saß unter einem Baldachin, den der russische Doppeladler in seinen Fittichen hielt. Sie war rund wie eine Tonne und trug eine kleine Krone auf ihrem schwarzen Haar, das in kunstvoll geringelten, mit Perlen durchflochtenen Locken herabfiel. Imposant war sie schon, Russlands Monarchin, allein die Hängebacken, zwischen denen eine spitze Nase wie ein Schnabel vorstieß, waren westfälischen Schinken nicht unähnlich.

Um die Herrscherin hatten sich ihre höchsten Würdenträger aufgestellt, deren Rang und Bedeutung wir erst nach und nach erfahren sollten. In der Hauptsache waren dies Premierminister Andreas von Ostermann und Feldmarschall Burkhard Christoph von Münnich (auf Russisch „Minich"), die Brüder Löwenwolde, die für die Zarin auf Freierschau gegangen waren, Nikolaus Korf, Vorsitzender der Akademie der Wissenschaften, Semjon Saltykow, der Zarin für Spitzeldienste unentbehrlich, Mikhail Golitsin, der das nicht zu unterschätzende Amt des Oberhofnarren bekleidete.

Die Zarin musterte uns aus scharfen wasserblauen Augen, kniff ihre Lippen zu und sagte nichts. Aus den Reihen der Würdenträger wand sich ein leicht gebückter, dunkelhäutiger Mann, der wie ein Wegelagerer aussah: Ernst Biron, Annas Favorit und Liebhaber, dem man die Manieren eines Pferdekutschers und die Gerissenheit eines Kosaken zuschrieb.

Er grinste uns an, dass man das Weiße seiner kohlschwarzen Augen leuchten sah, und sagte: „Und welcher der jungen Herren ist der Graf Stolberg ... pardon, wollte sagen: Seine Durchlaucht Prinz Anton Ulrich von Braunschweig-Wolfenbüttel-Bevern?"

Anton Ulrich stolperte vor und stotterte: „A vos services ... Euer u..untertänigster Diener."

Wenn er aufregt war, stotterte er halt, und flammendes Rot färbte seine bleichen, schmalen Wangen. Ja, Prinz Anton Ulrich hatte kein leichtes Leben.

Aus den erlauchten Reihen um den Thron war Kichern zu hören, und die Zarin und ihr Favorit tauschten mokante Blicke aus. Anton Ulrich machte einen weiteren ungeschickten Bückling, und dann sprudelte es aus ihm: „Dies ist mein Flügeladjutant, Karl Friedrich Freiherr von Heimburg, und mein Fähnrich, Hieronymus Baron von Münchhausen."

Premierminister von Ostermann schien dies als Signal zu deuten, sich bemerkbar zu machen. Er trat einen Schritt vor, wobei seinem mit Schnupftabak besprenkelten pfirsichfarbenen Frack fingerdicker Schweißgeruch entströmte, und sagte feierlich, doch ohne einen Anflug von Wärme: „Willkommen in Sankt Petersburg, der Stadt Peters des Großen. Ich hoffe, Durchlaucht haben eine angenehme Reise gehabt."

In diesem Moment schnappten die schmalen Lippen Anna Iwanownas wie der Rachen eines Hechtes auf, und sie fauchte in perfektem Deutsch: „Nun, Prinz Anton Ulrich, wollt Ihr nicht Eure Braut begrüßen?"

Dies war die offizielle Vorstellung der Verlobten. Steif verbeugte sich Prinz Anton vor seiner Zukünftigen, und sie deutete ebenso steif einen bewusst knappen Knicks an. Anna Leopoldowna, Zarinnennichte und einstige Prinzessin von Mecklenburg, war zierlich, ohne graziös zu sein, und keine Schönheit, aber auch nicht hässlich. Unbestimmtheit war das Wesen der Thronerbin, deren eher eckiges, todernstes Gesicht nie ein Lächeln zu erhellen schien. Im Mittelpunkt zu stehen war ihr zuwider, denn in den weiteren Verlauf der Konversation mischte sie sich nicht ein, sondern versteckte ihre Hände in ihrem Muff und stand mit gesenkten Augen wie eine Schneiderpuppe herum.

Plötzlich lebhaft, wenn nicht zappelig geworden, beherrschte die Zarin unterdessen das Geschehen. Sie erkundigte sich nach Kaiser Karl VI. - den wir kaum kannten -, nach König Friedrich Wilhelm und seinem Sohn Kronprinz Friedrich – die wir nur zweimal im Leben gesehen hatten.

„Spielt er noch immer fleißig Flöte?", krächzte die Zarin mit ihrer heiseren Stimme.

„Oh, seine Offizierscharge versieht der Kronprinz doch sehr gewissenhaft", gab mein Herr Auskunft, und ich erinnerte mich, wie auf der Hochzeit seiner Schwester sein Schwager schwärmerisch das Orchester auf seiner Querflöte zu musikalischen Höhepunkten geführt hatte. Die Reize von Prinzessin Christine – die doch allerliebst war – hatten ihn weniger verzückt.

„Nun, dann gibt es wenigstens etwas, das er nicht vernachlässigt." Die Zarin wechselte höhnische Blicke mit Biron. „Ein Erbprinz, dem Flötespielen das Höchste ist – si ce n'est pas ridicule."

Anton Ulrich stand verlegen, als bereits die nächste Frage aus kaiserlichem Mund kam: „Und Ihr, Euer Gnaden, spielt Ihr auch ein Instrument?"

„Violoncello, Majestät."

„Das unhandliche Ding, das man sich zwischen die Beine steckt?" Wie eine Beschimpfung spie es die Zarin aus. „Nun, ich hoffe, Ihr klemmt Euch auch mal etwas anderes zwischen die Beine …. Wir wollen Kindergeschrei im Winterpalast hören, junger Mann, versteht Ihr das?"

Anton Ulrich wurde rot bis zu den Ohren, Anna Leopoldowna rührte sich nicht, ich hielt mir die Hand vor den Mund, um nicht laut herauszuplatzen.

Die Zarin war aber noch nicht fertig. Während Biron sich vorbeugte, um ihr mit seinem Taschentüchlein den Schweiß von der Stirn zu wischen, knurrte sie: „Ich geh nie in die Oper. Kann das Gedudel auf den Tod nicht leiden. Und erst das Gekreische der Kastraten! Gadost!"

Voller Ehrfurcht lauschte der Hof den Tiefgründigkeiten seiner Gebieterin. Die wiederum schenkte ihr Gehör etwas, das von draußen kam. Die kleinen wasserblauen Augen blitzten, die feisten Hände fuchtelten um sich. „Was ist das für ein Lärm?", gellte die Kaiserin und sprang mit einer Flinkheit auf, die man ihrer stattlichen Statur nicht zugetraut hatte.

Die erlauchten Reihen wichen zurück, nur Saltykow, dem dieses besondere Vorrecht zu gebühren schien, schnellte vor und reichte seiner Herrin, die, ihren Hermelin wie einen Fetzen von sich schleudernd, zur nächsten Fensternische geeilt war, ein Gewehr. Drei, vier Schüsse ratterten durch das von Lakaien aufgerissene Fenster, und im abendlichen Dunkel sah man drei tote Möwen herabfallen.

„So, die machen uns keinen Ärger mehr", jubilierte die Kaiserin und hielt im Triumph den rauchenden Gewehrlauf hoch. Ja, so war sie, Anna Ioannina, Herrscherin aller Reußen und leidenschaftlichste Waidfrau ihres Reiches.

5

Alexej, der zweite Herrscher der Romanow-Dynastie, hinterließ drei Söhne. Der Älteste regierte als Fjodor III. nur zwei Jahre. Auf den Thron folgten ihm, gemeinsam zu Zaren gekrönt, sein Bruder Iwan und sein Halbbruder Peter. Da jedoch Iwan V. körperlich und geistig stark zurückgeblieben und Peter noch ein Kind war, übernahm ihre Schwester Sofia die Regentschaft für sie. Dies tat sie mit einer solchen Autorität und einem solch ausgesprochenen Willen zur eigenen Machtausübung, dass Peter sie ins Nowodjewitschi-Kloster sperrte. Die Leichen ihrer angeblichen Liebhaber aus den Reihen der für sie streitenden Strelitzen-Kompanien ließ er zur allgemeinen Abschreckung vor ihrem Fenster aufzuhängen.

Peter herrschte nun resolut, willensstark, rücksichtslos – und allein. Zum Regieren war der einige Jahre ältere Iwan nicht imstande. Trotz seiner Behinderung hatte er es aber fertiggebracht, drei Töchter zu zeugen. Die älteste, die impulsive, lebensfrohe Jekaterina, war der Liebling ihrer Mutter, die jüngste, Praskowia, hatte von ihrem Vater die rachitische Konstitution und den kümmerlichen Verstand geerbt, so dass sie im weiteren Ringen um die Macht keine Rolle spielte.

Die unscheinbar-verschlossene Anna, die mittlere der Schwestern, war zwar das Aschenputtel ihrer Mutter, der sie nichts recht machen konnte, sie verbrachte aber eine weitgehend unbeschwerte Kindheit in Ismailowo bei Moskau mit seinen verschwenderischen Gärten, Orangerien und Wasserspielen. Peter der Große, der seinen Blick stets nach Westen gerichtet hielt, suchte sich den deutschen Fürsten anzunähern und wählte einen davon, den jungen Herzog von Kurland Friedrich Wilhelm, als Bräutigam für seine Nichte aus. Die Hochzeit wurde tagelang mit einem Pomp gefeiert, der die Brautleute schier zermalmte. Der Bräutigam war jedenfalls davon so mitgenommen, dass er kaum zwei Monate nach der Eheschließung den Weg alles Irdischen ging. Anna saß nun in Mitau, verwitwet und mittellos, und langweilte sich zu Tode. Immer wieder flehte sie in Briefen den Zarenonkel an, ihr doch Geld und, wenn möglich, einen neuen Ehemann zu schicken. Darauf ging Peter ebenso wenig ein wie seine Gemahlin Katharina, die sich nach seinem Tod die Zarenkrone aufsetzte. Die Dinge änderten sich nicht, nachdem Katharina, einstige Bauernmagd aus Lettland und durch eine kuriose Schicksalsfügung zur Selbstherrscherin Russlands aufgestiegen, sich zu Tode gehurt und gesoffen hatte.

Man machte nunmehr Peter, den minderjährigen Enkel Peters des Großen, zum Zaren. Sein Vater war der Zarewitsch Alexej, seine Mutter Charlotte von Braunschweig-

Wolfenbüttel gewesen - ein Omen, das ihrem Neffen, unserem Prinzen Anton Ulrich, eine Warnung hätte sein müssen, wenn er sich nicht derart blind in das Vermählungsabenteuer gestürzt hätte.

Alexej war Peter dem Großen verhasst, weil er sich nicht seinen Reformen anschließen wollte. Von seinem ungeduldigen Vater bedrängt und gedemütigt, setzte sich der Zarensohn ins Ausland ab und suchte Zuflucht bei seiner Schwägerin, Kaiserin Elisabeth Christine, und ihrem Gatten Karl VI., der, überrumpelt durch das plötzliche Auftauchen des Zarewitsch, ihn nach Italien abschob.

Zar Peter bat seinen Sohn, zurückzukommen, er würde sich gnädig zeigen und ihm alles verzeihen. Alexej kehrte nach Russland zurück. Sein Vater ließ ihn in der Peter- und Paul-Festung einsperren und gnadenlosen Verhören unterziehen. Es hieß sogar, dass Peter I., der es liebte, sich als Folterknecht und Henker zu betätigen, seinen Sohn eigenhändig zu Tode gemartert hätte.

Alexejs Sohn Peter II. hatte gute Anlagen, aber auch einen Hang zu Faulenzen und Ausschweifungen. Sein Vormund Menschikow hielt ihn zum Studium an und wollte ihn mit seiner Tochter verheiraten; dessen müde, schickte der Junge seinen Mentor und seine Verlobte nach Sibirien und stürzte sich ungehindert in einen Vergnügungstaumel. In Gesellschaft seiner Tante, der Zarewna Elisabeth Petrowna, und seines Kumpels Iwan Dolgorukij tobte sich der kaum Vierzehnjährige tagelang auf der Jagd, bei Bällen und Saufgelagen aus. Iwan Dolgorukij hatte ihm gerade seine Schwester Jekaterina als Braut angeboten, als Peter sich bei der traditionellen Segnung der Newa eine Erkältung zuzog. Zu der Erkältung kamen die Pocken, so dass Peter am 19. Januar 1730 verschied - dem Tag, der für seine Hochzeit vorgesehen war.

Da der Zar so unvermittelt gestorben war, musste man sich so schnell wie möglich nach einem neuen Herrscher umsehen. Elisabeth Petrowna, die einzige verbliebene Tochter Peters I. und Katharinas I., kam nicht in Frage. Erstens erhob sie, da nur an Belustigungen interessiert, keinen Anspruch auf den Thron, und zweitens war sie eben erst von einer Entbindung genesen. Manche sagten, der Vater des Kindes sei ihr Neffe, der junge Zar, gewesen, wahrscheinlich war es jedoch Elisabeths damaliger Liebhaber Schubin.

Die Dolgorukijs - die als uraltes Adelsgeschlecht ihren Rivalen, den Romanows, die Macht neideten - gaben jetzt vor, der jugendliche Zar habe seine Braut Jekaterina zu seiner Nachfolgerin bestimmt. Das Testament, das sie großspurig herumschwangen, erwies sich jedoch als plumpe Fälschung. Nunmehr tat sich ein Klüngel ehrgeiziger Adliger zu einem sogenannten geheimen „Kronrat" zusammen, der Anna Iwanowna den Thron anbot. Der kurländischen Herzogin, die ein williges Werkzeug zu werden versprach, stellte man allerdings die Bedingung, dass sie keine Entscheidungen treffen dürfte, ohne den Kronrat zu befragen.

Dem grenzenlosen Ehrgeiz des Kronrats stand nun die Missgunst der übrigen Aristokratie entgegen. Es kam zur allgemeinen Empörung, und die Preobrazhenskij-Gardisten, denen Anna freizügig Wodka spendiert hatte, schrien, man wolle keine Marionette auf dem Zarenthron, sondern eine Autokratin, die nach bewährtem Muster, also mit Knute und Peitsche, herrschen würde.

Anna, mit Biron aus Mitau angereist, säuselte heuchlerisch: „Wie, wurde ich getäuscht, und ist das gar nicht der Wille des Volkes?" und zerriss in einer Geste von exemplarischer Grandezza das Papier mit den Konditionen, die ihr der Kronrat auferlegt hatte.

6

Nach ihrer Krönung im Kreml eilte Anna Iwanowna nach Petersburg und ließ sich in dem neuen Sommerpalast nieder, den Carlo Rastrelli ihr erbaut hatte. Hierher ließ sie ihre Schwester Jekaterina kommen, die nur zu froh war, ihrem despotischen Ehemann, dem Herzog von Mecklenburg, zu entkommen. Herzogin Jekaterina brachte ihre Tochter mit, ein eher verklemmtes Ding von dreizehn Jahren. Flugs wurde die deutsche Herzogstochter Elisabeth in den russisch-orthodoxen Religionsunterricht gesteckt, aus dem sie als umgetaufte Großfürstin Anna Leopoldowna hervorging. Die Zarin galt als kinderlos, wenn auch anzunehmen war, dass Birons jüngster Spross Karl, der in Annas Gemächern schlafen durfte, ihr eigener Sohn war. Da sie sich nicht wiedervermählen wollte, bestimmte die Kaiserin ihre Nichte Anna Leopoldowna für ihre Nachfolge. Fehlte nur noch einer, der die Fortpflanzung absichern sollte, aber den hatte man ja gefunden.

Rund und behäbig, wie sie war, breitete sich Anna Ioannina nunmehr in der Fülle ihrer uneingeschränkten Herrschergewalt aus. Widersacher wie die Dolgorukijs schickte sie nach Sibirien und umschloss sich mit einem Bollwerk ihr ergebener Opportunisten, um ihre Macht zu festigen. Diese Macht beruhte ausschließlich auf Willkür und Terror. Tag für Tag wurden Menschen vor die von dem unerbittlichen Polizeichef Uschakow geleitete geheime Kanzlei geschleppt, die ihnen nach unmenschlichen Torturen sinnlose Geständnisse entriss. Hinrichtungen wie Pfählen, Rädern oder Vierteilen waren an der Tagesordnung, und wer mit Auspeitschung, Ausreißen der Zunge und weiteren Verstümmelungen oder der Verbannung nach Sibirien davonkam, konnte von Glück sagen.

Staatsgeschäfte interessierten die Zarin nicht, die den Verstand eines Schafes hatte, nur war es ein sehr neugieriges Schaf, das am liebsten durch jedes Schlüsselloch geguckt hätte, um die Geheimnisse der Russen zu belauern. Unermüdlich bedrängte die Monarchin ihren Kanzler Saltykow, ihre Untertanen zu bespitzeln und ihnen Intimitäten wie Liebesbriefe oder sexuelle Vorlieben zu entlocken.

Auf Klatsch war Anna Iwanowna versessen wie ein Waschweib. Dafür waren ihr auch die Hofdamen nicht zu schade, die ihr pausenlos Tratschgeschichten und pikante Histörchen zu liefern hatten. Oberstes Gebot für diese Unglücklichen war unablässiger Frohsinn. Bereits in aller Herrgottsfrühe hatten sie lustige Lieder zu schmettern, und erlahmte die Fröhlichkeit auch nur einen Augenblick, hagelte es Schläge und Ohrfeigen.

Unter den Damen gab es allerdings ausgesprochene Schönheiten. Eine der auffälligsten davon war Natalja Lopuchina, die auch noch als Mittdreißigerin mit ihrem guten Aussehen blendete. Jünger und mädchenhafter war eine weitere grazile Erscheinung, die mir gleich ins Auge stach.

Mit ihrem rötlichen Haar und ihren hohen Backenknochen eine typische Russin, dazu strahlten ihre ovalen Augen in einem irgendwie verschleierten und daher sehr geheimnisvollen Beryllgrün. Sie bewegte sich mit ausgesprochener Anmut, während ihre Kolleginnen wie eine Schar aufgeregter Gänse watschelten und schnatterten. Mit verdrehten Gänsehälsen, denn keine legte Wert darauf, die Argusaugen ihrer Herrin auf sich zu ziehen.

Ich fasste mir ein Herz und sprach die mysteriöse „Krassawitsa" an: „Verzeihen Sie, ich glaube nicht, dass wir uns bereits vorgestellt wurden. Ich bin Baron Friedrich von Heimburg, Flügeladjutant des Prinzen von Braunschweig."

Sie sah mich gelassen an – mein Herz schmolz unter dem beryllfarbenen Blick – und sagte: „Ich bin Elena Dolgorukowa. Niemand, den zu kennen sich lohnt, Herr Baron."

Meine Hand flog zu meiner goldglitzernden Uniformbrust. Ich wollte rasch etwas sagen, doch sie kam mir zuvor: „Meine ganze Familie sitzt in Sibirien, meine Schwester Jekaterina im Kloster. Wann ich an die Reihe komme, kann nur eine Frage der Zeit sein."

„Prinzessin, denken Sie nicht, dass dies mich abschrecken könnte."

„Sollte es aber. Es ist besser für uns beide, wenn Sie weitergehen, Herr Baron."

In der Tat, vom Teetisch aus spähte bereits die Zarin nach uns aus. Dann, nach ihrer entnervenden Gewohnheit, hob sie einen krallenartigen Finger und winkte mich zu sich. Elena Dolgorukowa entglitt mit unvergleichlicher Anmut, ich trat zu der Zarin hin.

„Junger Mann", sagte sie, mich aus zusammengekniffenen Äuglein duchbohrend, „sagt nicht, dass Euch diese dreiste Dirne gefällt. Da gibt es doch wahrhaftig Besseres."

„Nun, ich wollte nur höflich sein."

„Man wirft seine Perlen nicht vor die Säue. Macht Eure Augen auf! Hier fliegen die Schwäne ein und aus, und täglich kommen mir neue angeflattert. Wie alt seid Ihr? Siebzehn und noch unverheiratet? Ist Euch meine gute Peschkowa etwa noch nicht aufgefallen? Eine Perle von einem Mädchen, erzählt mir nachts im Bett die drolligsten Sachen. Und mit ihren vierzig Jahren ist sie noch rosig wie eine Vierzehnjährige!"

7

Ich entsinne mich nicht mehr, wie ich der Zarin entkam, aber ich erfand irgendeinen Vorwand, um meinem Herrn zu Hilfe zu eilen. Der saß bei seiner Braut und wusste ihr nichts zu sagen.

Zum Teufel noch mal, irgendeine Gemeinsamkeit mussten die beiden doch haben! Zum Beispiel lasen sie gerne, sie französische Romane, er allerdings Tiefsinnigeres. Könnte das nicht weiterhelfen?

Ich drängte mich vor, ließ mir aus dem Samowar Tee einschenken und sagte auf gut Glück: „Heut Abend geben sie ‚Agrippina' in der Oper."

Großfürstin Anna Leopoldowna kniff, was sie der Zarin abgeschaut haben musste, ihre kurzsichtigen Augen zusammen und sagte: „Tantchen geht nur in die Commedia dell'Arte."

„Aber", mischte sich Anton Ulrich ein, „die Zarewna Elisabeth soll doch ein sehr gutes Opernensemble haben."

„Mit vorzüglichen Solisten", sagte Anna Leopoldowna gedehnt. „Die Primadonna ist Rasumowskij, ein ukrainischer Hirtensohn. Er hat eine wunderschöne Stimme … und andere Vorzüge."

„Oh", flüsterte ich und verbrühte mir die Zunge an dem siedend heißen Tee. Anna Leopoldownas Gouvernante, die hämische Baronin Aderkass, reichte mir mit süßlichem Lächeln die Keksschale. „Nicht so hastig, Junker, Sie verschlucken sich sonst noch."

„Aber", machte ich einen weiteren Vorstoß, „Sie kommen doch sicher morgen zur Jagd in Peterhof?"

„Können wir denn anders?", murmelte Anna Leopoldowna und schlug die Augen nieder. Prinz Anton Ulrich rutschte auf seinem d'Aubusson-Sessel. Die Aderkass lächelte und meinte: „Dann müsst ihr aber eure Köpfe einziehen. Ihr wisst, die Zarin schießt auf alles, was ihr vor die Flinte kommt."

Anton Ulrich stotterte: „Un fusil … exceptionnel. In der vergangenen Saison soll sie es auf 370 Hasen, einen Wolf, 600 Enten und … äh zehn Elche gebracht haben."

Anna Leopoldowna zog ihre Augenbrauen hoch und starrte gelangweilt vor sich hin. Die Aderkass blickte auf meine Hosen, und ich zog schnell meine Knie zusammen. Die Tasse zitterte in meiner Hand. Ich sagte: „Aber sie ist eine große Tierfreundin, nicht wahr? So stolz auf ihren Marstall … Stimmt es, dass sie nicht weniger als 365 Rösser hat, eins für jeden Tag des Jahres?"

„Das, mein lieber Junge", sagte Baronin Aderkass und wiegte zierlich einen Keks zwischen ihren spitzen Fingern, „müssen Sie Herrn von Bühren fragen."

Wir schwiegen, aber Anna Leopoldowna reckte ihren Hals hoch und stieß ein Lachen aus, das grell und unschön durch den Raum klang.

8

Was brauchte Anna Iwanowna Oper und Theater? Ihr Tagesablauf war doch ein ununterbrochenes Vergnügen. Früh am Morgen schlich sie aus ihrem Schlafgemach und kroch nebenan in Birons Bett, aus dem sie seine Frau verjagt hatte. Nachher frühstückte sie einvernehmlich mit dem Ehepaar. Kam sie wieder zum Vorschein, verneigte sich der Portugiese Da Costa tief vor ihr und rief: „Hier kommt Iwan der Schreckliche!" Da er bereits unter Peter dem Ersten Hofnarr gewesen war, durfte er sich das herausnehmen.

Die närrische Synode des großen Peter, bei der ein sogenannter „Narrenpapst" über ein Konklave von zügellosen Zechern präsidierte, diente Anna Iwanowna als Vorbild für ihre eigene Menagerie aus Possenreißern, Zwergen, Krüppeln und Missgeburten, von denen sie eine respektable Sammlung hatte. Gorbatschka die Buckelige, Besnoika die Beinlose, die armlose Darjuschka, sie alle mussten unter den belustigen Augen der Zarin herumtollen und herumkugeln, Grimassen schneiden, aufeinander eindreschen und sich gegenseitig die Köpfe blutig schlagen. Beulen und Striemen gehörten zum Sine qua non der erquicklichen Versammlung. Zwischendurch ergötzten die Zarin und ihr Gefolge sich daran, Zwerge herumzuschmeißen. Auch dies ging nicht ohne Beulen und blaue Flecken ab. Kam einer von ihnen, wie der Hofnarr Balakirew, auf die Idee, Protest einzulegen, erinnerten ihn ein paar kräftige Stockschläge an seine Pflicht.

Des närrischen Spektakels wurde die Zarin nie müde. Erst nachdem ihre abgekämpften Possenreißer „Milost, matjuschka-gossudarinja" gefleht hatten, wischte sie sich die Lachtränen aus den Augen, sank prustend zu Boden und entließ die fidele Gesellschaft mit einem knappen Wink. Ein Gleiches wiederfuhr dem Hofpoeten Trediakowskij, dessen Lobhudelei in Form eines schwülstigen Gedichtes mit der Huld eines „Soufflets" auf die beglückte Dichterbacke entlohnt wurde.

Zu all den Späßen kratzte der Italiener Pedrillo seine Fiedel. In dem gesamten Kuriositätenkabinett war er wohl der Hässlichste. Als Biron ihn einmal fragte, ob seine Frau ebenso abstoßend aussähe wie er, lud Pedrillo die gesamte Hofkamarilla zu sich nach Hause, wo er mit seiner „Frau" – einer Ziege im Nachthemd – die Gäste im Bett empfing.

Dies war der Ton am vornehmsten Hof Europas nach Versailles. In die Narrensuite der Kaiserin aufgenommen zu werden war natürlich eine große Ehre. Die Blüte des russischen Adels wie die Wolkonskijs, die Miljutins und die Apraxins drängte sich danach.

Besonderes Ansehen genoss Mikhail Golitsin. Der würdige Greis aus der Hocharistokratie hatte es gewagt, eine Italienerin zu heiraten, die noch dazu katholisch war.

Die erzürnte Zarin degradierte ihn daraufhin zu ihrem Kwass-Mundschenk und Oberhofnarr. Fortan hockte Golitsin sonntags, wenn die Zarin aus dem Gottesdienst kam, mit anderen Auserlesenen, die gackernd Hühner nachahmten, in einem großen Strohnest, flatterte mit seinen befiederten Armen und schrie „Kikeriki". Wilde Hahnenkämpfe beschlossen die Sonntagsgaudi, bis die Federn flogen und das Blut floss.

Für die Tochter Iwans V. konnte keine Zerstreuung zu vulgär, kein Amüsement zu plump sein. Weitere ihrer Leidenschaften waren ihre Garderobe, die sich durch schrille Farben auszeichnete, und natürlich die Jagd. Holländische Kreisel liebte sie über alles, und so wirbelte den ganzen Tag ein buntes Ballett dieses Kinderspielzeugs um sie. Aber, das wird auch der Missgünstigste zugeben, irgendwie muss man den Tag ja herumbringen.

9

Von all dem Trubel hielt sich die Thronfolgerin fern. In großen Menschenversammlungen wie Bällen oder Empfängen fühlte sich Anna Leopoldowna unwohl. Aber natürlich konnte sie sich nicht in ein Mauseloch verkriechen. Sie war eine Person der Öffentlichkeit und, allem Anschein nach, künftige Herrscherin des Reiches. Nicht nur die Augen ihrer Tante ruhten auf ihr, deren ganze Umgebung beobachtete, kommentierte und kritisierte ihr Verhalten. So war nicht verwunderlich, dass ihre Vertraulichkeit mit dem sächsischen Gesandten Graf Lynar Anstoß erregte und Gerüchte aufkamen, wie etwa das, Anna Leopoldownas Umgang mit ihrer Gouvernante Aderkass gehe über das gestattete Maß hinaus.

Tante Kaiserin reagierte prompt. Sie schickte Lynar nach Dresden zurück, entließ Madame Aderkass und delegierte eine Handvoll älterer Hofdamen, um zu prüfen, ob die Großfürstin eine normale Frau sei. Was sie natürlich war.

Nachdem dies geklärt war, gab sich die Kaiserin zufrieden. Schließlich fand sie selbst nichts dabei, wenn sie sich mal eine Favoritin unter ihren Hofdamen ins Bett holte. Wie alle Menschen brauchte die Nichte Anerkennung, und wenn das scheue Ding auf ungewohnten Wegen ein wenig Zuneigung suchte, was tat's? Dass sie wie eine Pensionatsschülerin mit ihrer Freundin, der Baltin Julie von Mengden, herumalberte, dagegen war wohl nichts einzuwenden. Die Kleine hatte ja nur noch eine Gnadenfrist, bevor sie dieser Tölpel von Braunschweiger entjungfern würde.

Von dem braunschweigischen Tölpel wurde natürlich erwartet, dass er sich um seine Verlobte bemühte. Prinz Anton Ulrich machte ihr den Hof, so gut es ging. Er schickte ihr für teures Geld Mandarinen aus den Gewächshäusern von Gatschina und Azaleen vom Schwarzen Meer. Ihre Lieblingslektüre, die Romane der Madeleine de Scudéry, überreichte er ihr in bestes Marokkoleder gebunden, mit kunstvoll verschnörkelter Romanow-Goldprägung.

Anna Leopoldowna nahm das Geschenk mit ihrer üblichen Apathie entgegen. Die „Manon Lescaut", um die sich alle Welt riss, hatte ihr die Tante aus moralischen Gründen verboten, und der Scarron, über den sich Anna Iwanowna halb tot lachte, war ihr zu ordinär.

Warum also nicht gute Miene zu bösem Spiel machen und die Scudéry des „braunschweigischen Tölpels" akzeptieren?

10

Wie hatte ich befürchten können, mich in dieser Stadt verlassen zu fühlen? Gründliche Russischkenntnisse brauchte man nicht einmal, schlugen einem doch von allen Seiten vertraute deutsche Klänge entgegen. Im deutschen Viertel mit seinen schnurgeraden Straßenzügen, dem adrett platt gestampften Bodenbelag, den gepflegten Häuschen, den blank polierten Fenstern, vor denen Geranien prangten, den Läden mit den Schildern der Bäcker, Metzger und Putzmacher glaubte man sich in Lüneburg oder Wolfenbüttel.

Auf den Straßen wurde so ziemlich alles feilgeboten. War man der ewigen Piroggen und Pelmeni satt, konnte man in eine herzhafte Thüringer Bratwurst beißen. Im Gasthaus zum Anker stand zarter Saibling, im „Schlesischen Bock" Gans mit Knödeln auf dem Speisezettel.

Angenehm war, bis zu den Newa-Ufern zu schlendern, wo Lastkähne Ferkel, Käse und Sauerkraut zu den Märkten ruderten. Prinz Anton fand man meistens auf der Wassilewskij-Insel, wo er im Bücherschatz der Akademie der Wissenschaften stöberte. Hieronymus und ich hockten in der Zwischenzeit auf den Stufen, sahen den fliegenden Händlern nach, den weiblichen nahmen wir gerne eine Brezel, einen Blumenstrauß, zuweilen auch einen Kuss ab.

Im einschlägigen Milieu hatte Hieronymus, der mehr Erfahrung in solchen Dinge hatte, schnell die richtigen Adressen gefunden. Er wusste, wo man für wenig Geld optimal bedient wurde, ohne Gefahr zu laufen, sich irgendeine schlimme Krankheit zu holen. „Die braune Kathrin aus Magdeburg, die bringt dir Sachen bei, davon kannst du Hosenmatz nur träumen", brüstete er sich. „Als ich das letzte Mal bei ihr war, heizte sie mich so auf, dass ich sechs Treffer hatte!"

Aber Hieronymus war ein unverbesserlicher Prahlhans, da sollte man sich schwer hüten, all seine Aufschneidereien für bare Münze zu nehmen.

Immerhin hatte er mich in der „Fidelen Barkasse" eingeführt, ein Lokal, in der auch anständiges Volk – Deutsche und Russen gemischt – zusammenkam. Oft saßen wir hier bei kräftigem Dunkelbier mit Heinrich Poehl und seiner Schwester Luise. Ihn hatte ich wegen seiner einfachen Art zuerst für einen Handwerker, Luise für seine Braut gehalten. Er war aber Uhrmachermeister, und im Laden half seine Schwester emsig mit. Heinrich sprach nicht viel, kannte sich aber bestens in der Stadt aus und konnte einem viele nützliche Ratschläge geben. In Petersburg herrschten freiere Sitten als in deutschen Städten, und so nahm niemand Anstoß daran, dass selbst Frauen aus gutem Haus in Kneipen verkehrten. Wie auch immer: Mit ihren braunen Locken, die kokett unter einer blitzsauberen Haube hervorsahen, den Grübchen in den apfelroten und apfelprallen Wangen und dem verheißungsvoll vorgewölbten Mieder bot Luise Poehl einen durchaus erfreulichen Anblick. Und da die faszinierende „Knigina" Dolgorukowa mir aus dem Weg ging, hatte ich zwei Eisen im Feuer.

Es versteht sich, dass - auch wenn man siebzehn ist und sein Ungestüm nur mit knapper Not in der eng geschnürten Adjutantenuniform zu halten vermag -, man nicht immer an Frauen denken kann. Wie es sich gehörte, ging man wie jeder anständige Bürger am Sonntag zum Gottesdienst.

Am oberen Newskij-Prospekt, unweit der Admiralität, hatte Pastor Bachmann die Wirkungsstätte gefunden, die seinen Talenten entsprach. In seinem schwarzen Talar ragte er hoch über die Kanzel, von dem Licht, das durch die violetten Rauten der Fenster fiel, wie von einem Feuerpanzer umkleidet. Eine wahrhaft alttestamentliche Gestalt, der die Perückenlocken wie aus Ebenholz gehobelt um die knochigen Schläfen ringelten.

Konnte er auch nicht „Sdrastwuite" oder „Chruschtschow" aussprechen, so redete Jörg Bachmann doch in wortgewaltigem Ostfälisch auf seine Schäfchen ein, die sich vor Ehrfurcht erstarrt in den Kirchenbänken duckten. Wie dankbar müssen wir sein - sprach der Pastor -, dass wir in dieser schönen Stadt leben dürfen, die vom Wasser durchzogen ist wie Rostock oder Hamburg. Hier gilt es, die Tugenden leuchten zu lassen, um die uns die ganze Welt beneidet: Fleiß, Anstand, Sauberkeit, Ausdauer. Jedoch - Bachmann rieb seine Hände, die ihm lang und dürr aus den Ärmeln schlenkerten, und seine Perückenlocken sträubten sich in heiligem Schauer - , wir haben uns nichts zu vergeben, und auch in der Diaspora sollte es unser besonderes Anliegen sein, die Eigenschaften zur Geltung zu bringen, die Gott anderen Völkern versagt hat: deutsches Gemüt und deutsche Innigkeit.

11

Anton Ulrich büffelte eifrig Russisch und vertiefte auch noch sein Wissen in Latein, Mathematik, Geografie, Geschichte und Staatswissenschaft. Er hatte eine komfortable Wohnung im Palais Tschernyschew, speiste täglich in der kaiserlichen Küche und durfte den Marstall der Kaiserin nutzen. Bis sein eigenes braunschweigisches Regiment formiert war, durfte er Truppenparaden mit den Jaroslawer Dragonern abhalten. Während er die Kommandos seinen ihn zackig salutierenden Männern erteilte, schwärmte er: „Etwas derartig Schönes habe ich in meinem Leben noch nicht gesehen." Er bekleidete jetzt den Rang eines Obersts, ich war zum Hauptmann aufgestiegen.

Mit seiner Braut – und der Anstandsdame Julie von Mengden zwischen beiden – machte er Ausfahrten in dem Ruderboot, das die Zarin ihnen geschenkt hatte. Dann trennten Krankheiten die Verlobten: Die schwächliche Großfürstin hatte einen Hang zu Ohnmachten, ihr auch nicht eben körperlich robuster Bräutigam bekam Magengeschwüre. Nicht gerade förderlich für eine Annäherung der beiden waren auch die in Petersburger kursierenden Gerüchte, der Prinz leide an Fallsucht und sei sowieso zeugungsunfähig.

Die Hochzeit wurde immer wieder hinausgeschoben. War man noch immer dabei, Anton Ulrich auf Herz und Nieren prüfen, hielt man etwa nach einem geeigneteren Zuchthengst Ausschau?

Beliebt waren wir nicht, aber damit hatten wir und abgesfunden. Insbesondere der schmierige Biron konnte sich nicht enthalten, anzügliche Bemerkungen zu machen, wie etwa die, dass der „lange Lulatsch sich kaum auf einem Pferd halten kann, wie soll er da imstande sein, der Großfürstin ein Kind zu machen?"

Biron war so dreist, Anna Leopoldowna seinen ältesten Sohn Peter als Heiratskandidaten vorzuschlagen. Eine Zeitlang lief der arme Junge der Großfürstin wie ein Hündchen nach. Auf einem Ball ging er so weit, einen Rock aus demselben Damaststoff wie seine Angebetete zu tragen, worauf alle in schallendes Gelächter ausbrachen. Anna Leopoldowna reagierte empört: Den Sohn eines Stallburschen zum Mann nehmen, da war ihr doch der „Milchbubi" lieber ...

Damit wir uns nicht missverstehen: Hoch zu Ross machte mein Herr keineswegs eine schlechte Figur. Er freute sich wie ein Schneekönig, als sein Regiment, die braunschweigischen Kürassiere, endlich in Reih und Glied vor ihm stand. Sie zu kommandieren im funkelnden Brustpanzer über der leuchtend weißen Uniformjacke mit den roten Ärmeln, eine goldene Schärpe um die Taille, war ein Hochgenuss, der den Prinzen und seine beiden Adjutanten (Münchhausen und mich) für so manche Demütigung entschädigte. Die Braunschweigischen waren in Riga stationiert, und so verbrachten wir viel Zeit in der deutschesten aller Baltenstädte.

Natürlich, ins kalte Petersburg, an den Dünkel des Hofes mit all seinen Neidhammeln und Ränkeschmieden mussten wir immer wieder zurück. In Liebesdingen war das Brautpaar nicht viel weiter gekommen. In seiner Verzweiflung hatte mein Herr einen Vorstoß unternommen, den ich ihm nicht zugetraut hätte. Dazu hatte er sich ungeniert meiner bedient. Während er bei seiner Verlobten zwischen den Fontänen von Peterhof saß, schlug er plötzlich Julie von Mengden vor, mir den Rosengarten zu zeigen.

„Rosen?" Weder die Gewächse noch die schlaffe Salonpflanze von Julie reizten mich besonders. Der Prinz bestand jedoch darauf, und Anna Leopoldowna nickte mit müdem Kinn verschlafene Zustimmung. „Ja, aber bleibt nicht zu lange, hört ihr?"

So trippelten wir in den Rosengarten, den Taxushecken vom Aufenthalt unseres Paares trennten. Julie von Mengden reckte ihre olivenblasse Visage empor und nahm einen Rosenkopf in ihre spitzen Finger. „Stella imperialis, eine speziell gelungene Kreation unserer Gartenkünstler. Ein

Schimmer wie Bernstein, nicht wahr. Wollen Sie daran riechen, Herr Rittmeister?"

„Nun ..."

„Riechen Sie daran!" Ein Befehlston, dem man kein Nein entgegenzustellen wagte. Pflichtbewusst neigte ich mich über den imperialen Stern, während die Mengden mir lauernd zusah.

„Also, wie riecht sie?"

„Exquisit", sagte ich und verzog das Gesicht. In diesem Moment waren von jenseits der Taxushecken spitze Schreie zu hören: „Nein, hören Sie auf! Hören Sie auf, sage ich! Julchen, Julchen!"

Julchen zögerte nicht lange. Im behänden Tempo eines Frettchens eilte sie zu der Bank zurück, wo die Großfürstin, noch bleicher als sonst, um Luft ringend an ihrem Fichu nestelte. Prinz Anton Ulrich stand daneben, knallrot im Gesicht. Selbst seine Nase leuchtete in den intensiven Farben eines Hahnenkamms.

„Ännchen, was ist? Ist dir nicht gut?", erkundigte sich das besorgte Julchen.

„Nichts, nichts", kam die stammelnde Antwort.

Den Prinzen, der umständlich sein Jabot ordnete, brauchte ich nicht zu fragen: Ganz unmissverständlich hatte er einen Annäherungsversuch unternommen, der - wie nicht anders zu erwarten - kläglich gescheitert war.

Julchen sah uns aus vorwurfsvollen Putenaugen an. „Soll ich Ihnen Ihr Riechsalz bringen, Fürstin?"

„Nein, ich muss mich nur etwas hinlegen", murmelte Anna Leopoldowna und wankte, von ihrer Getreuen gestützt, davon. Prinz Anton Ulrich und sein verdatterter Adjutant blieben an der Stätte ihrer Niederlage zurück.

12

Man konnte kaum glauben, dass jemals düstere Schneewolken über Sankt Petersburg hängen. Jetzt im Juni war das Licht besonders weich: Von Rosen- und Fliederduft geschwängert, spielte es um den Sommergarten und zögerte lange, bevor es sich von Petersburgs spitzen Türmen und goldenen Kuppeln verabschiedete. In allen Pastelltönen des Farbspektrums tauchte die Sonne um Mitternacht in die Newa, um wenig später wie eine riesige Apfelsine wieder zum Horizont zu wabern.

Brauchte unser Prinz und Kriegsherr uns nicht, ritten wir abends gen Norden, in die russische Weite hinein. Die Gegend um Sestroretsk galt es zu meiden, weil hier die Hufe der Pferde leicht im sumpfigen Gelände versanken. Sicherer war es in Küstennähe. Birken, Föhren und Kiefern standen wie aneinander gewachsen; zu ihren Füßen war es dunkel von Farn und Moos. Ab und zu raschelte ein Bach durch das Unterholz, oder ein Hirsch oder Fuchs setzte zum Sprung an. Wir aber waren zu faul, um unsere Flinten zu ziehen: Einen solchen Frieden stört man nicht.

Sandige Strände fielen flach zum Meer ab. Wir streiften unsere Kleider ab und wateten in das seichte, lauwarme

Wasser hinaus. „Hier war ich schon einmal", erzählte Hieronymus. „Ich ging schwimmen, als plötzlich eine Nixe aus dem Wasser auftauchte. Sie war das Schönste, was ich je gesehen hatte, und ihre Liebesglut war so, dass sie eher aus dem Feuer als aus dem nassen Element zu stammen schien."

„War ihr Fischschwanz euch denn da nicht im Weg?"

„Ach, den haben sie doch nur im Meer. Gehen sie an Land, legen sie ihn ab. Ein tolles Weib, sage ich dir. Bevor sie wieder im Meer verschwand, gab sie mir einen Ring."

„Dann zeig ihn mir doch mal!"

„Hab ich zu Haus gelassen", knurrte Münchhausen, der bereits wieder zum Ufer zurückstampfte. Algen flatterten glibberig an seinen Waden. Auch ich bemühte mich angewidert, von der grünen Umarmung freizukommen. „Pfui Teufel! Also, Erbsensuppe habe ich doch lieber in der Terrine."

Lange lagen wir nackt auf dem Sand, der sich mit leichtem Prickeln an unsere Haut schmiegte. Unter den Kiefern standen unsere Pferde in einer Wolke von Mücken, in die sie ergeben ihre Schwänze schlugen. Ein Specht hämmerte gegen einen Baum.

„Schön, nicht wahr?", murmelte Hieronymus. „Beinahe so schön wie zu Hause … Hast du nicht manchmal Heimweh, Fritz?"

„Nö, mir gefällt das höfische Leben. Und das militärische. – Und du?"

„Na ja." Er schob seine Oberlippe mit dem sich gerade behauptenden Schnurrbart vor. „Ein wenig fehlt mir schon die Weite. Ein Fluss, der breit durch grüne Wiesen strömt."

„Und die Berge? An denen ist dieses Land ja nicht gerade gesegnet."

„Ach, ich komme ohne Berge aus. Aber Kirschen würde ich schon gerne um mich haben. Und Erdbeeren, Felder voll dicker saftiger Erdbeeren, so weit das Auge reicht."

Wir schwiegen eine Weile. Seine Gedanken mochten zur Weser schweifen, meine tobten sich in von dichten Eichenwäldern durchwachsenen Auen aus. Hieronymus grätschte ein Bein und schlug sich mit der Faust auf den mächtigen Brustkorb. „Eines Tages, Bruder, gehen wir zurück, mit Bernstein, Orden und Zobelfellen beladen. Bis dahin … bis dahin müssen wir es aushalten, nicht wahr?"

„Tja." Kleine Pause. Ich fasste eine Handvoll Sand und ließ ihn durch meine Finger rieseln. „So wie unser Anton Ulrich. Der sein Bestes tut."

„Und doch nicht weiterkommt."

„Nun ja. Sie könnte ihm ja wirklich ein wenig entgegenkommen."

„Die doch nicht. Ach, sagt dir der Name Graf Lynar was?"

„Nein."

„Der sächsische Gesandte. Ein notorischer Herzensbrecher. Alle Damen liegen ihm zu Füßen. Anscheinend auch unsere Anna Leopoldowna."

„Da würde die Tante Zarin ihr aber schön was husten."

„Nun, ich denke auch, unser Ännchen weiß, wie weit sie gehen kann. Sie ist ja nicht auf den Kopf gefallen."

„Hmh. Weißt du, Münchhausen, sie sind im Grunde verwandte Seelen. Einsam und verlassen in einer fremden Welt. Im Grunde … im Grunde müssten sie zueinander finden."

„Da legen sie sich aber verdammt blöde an." Hieronymus richtete sich auf, blinzelte in die Erbsensuppe, kratzte sich am Kopf, dann zwischen den Beinen. „Verwandte Seelen, so ein Quatsch. Ännchen ist dumm und faul wie ein Mutterschwein."

„Aber sie wird einmal über Russland herrschen."

„Wird sie das? Da ist ja noch der holsteinische Bengel, der Karl Peter. Seine Eltern sind tot, also hat er als Enkel Peters des Großen Anspruch auf die russische Krone. Es sei denn, er will lieber König von Schweden werden."

„Ja, aber Iwan V. war Kaiser Alexejs ältester Sohn. Seine Linie hat Vorrang vor Peters Nachfahren, wie etwa Elisabeth Petrowna oder der kleine holsteinische Teufel."

„Elisabeth hat so viel mit ihren Galanen zu tun, die hat gar keine Zeit zum Herrschen. Apropos, Fritz: Wie steht's um deine Flamme, die schöne Dolgoruka?"

„Sie weicht mir aus. Ich denke, sie hat eine Heidenangst vor der … du weißt schon." Schwermütig starrte ich in die Brandung. „Ich denke, sie ist sehr unglücklich, meine arme Elena."

„Aber schön wie die Sünde, nicht wahr?"

„Münchhausen, ich muss doch sehr bitten!"

„Ist es denn nicht so? Schlag dir die Flausen aus dem Kopf, Alter: Die steht Welten über dir."

„Ja, aber mit etwas Fürsprache …"

„Fürsprache, von wem?" Hieronymus fuhr umständlich in seine Hosenbeine, was ihm erst nach viel Mühe gelang. „Ännchen rührt keinen Finger für uns, und die alte Hexe schon gar nicht. Und unser Herr ist so im Liebesdusel, mit dem ist nicht zu rechnen. Halt dich lieber an deine Uhrmacherin. Wie weit bist du mit der gekommen? Steht ihr noch immer händchenhaltend unter dem Fliederbusch?"

„Ach, was verstehst du schon von Frauen? Sie ist ein anständiges Mädchen." Ich rappelte mich auf, um mich meinerseits anzuziehen. „Mehr als ein Küsschen hier, ein scheuer Griff nach dem Miederband da ist nicht drin. Natürlich, wenn ich um ihre Hand anhalten würde …"

„Spinnst du? Du würdest dich so weit herablassen? Wie gedenkst du es denn deinen Eltern beizubringen?"

„Die sind zweitausend Meilen entfernt."

„Du würdest sie doch einmal in Kenntnis setzen müssen. Ein Freiherr aus Braunschweig und eine Uhrmachertochter aus der Uckermark, ich bitte dich. Bist ja immer noch ein Dreikäsehoch, aber einmal muss man erwachsen werden, Friedrich von Heimburg!"

„Ja, wenn man die Weisheit mit Löffeln gefressen hat wie du …"

„Ich weiß nur eins: Frauen sind und bleiben ein ewiges Rätsel. Als Mann hat man da keine Chance."

Wir knöpften uns die Jacken zu und stapften zu den Pferden zurück. Hieronymus klopfte mir kameradschaftlich auf die Schulter. „Ich geb dir einen guten Rat: Nimm dir das Julchen. Dann hast du eine Fürsprecherin, mit der es keine andere aufnehmen kann, und, wenn du nicht ohne die sein kannst, Ännchen und Anton Ulrich gleich mit im Bett."

13

Die Spaziergänge mit Luise Poehl an der Moika führten zu nichts: Ich bemühte mich ungeschickt, Süßholz zu raspeln, sie sprach von ihren Uhren und ihrem Sparstrumpf. Notgedrungen beschloss ich, mich wieder Elena Dolgorukowa zuzuwenden. Sie war aber nach wie vor äußerst vorsichtig, und wir kamen nicht dazu, mehr als ein paar flüchtige Worte zu wechseln.

Ich war bereits froh, wenn ich in der Kirche ein Auge auf sie werfen konnte. Inmitten der entweder geduckten oder miteinander flüsternden Hofdamen ragte sie wie eine Kerze empor. Vor ihr stand Anna Iwanowna, eine unförmige kaiserliche Masse, die von zwei Ehrenjungfern vor dem Zusammensacken während des stundenlangen Gottesdienstes bewahrt werden musste. Elena hingegen war sich voll ihrer Würde bewusst. Im Dämmerlicht der Kirche loderte sie wie eine Flamme, meine Dolgorukowa.

Eines Tages – es mochte im Frühling 1736 gewesen sein – war ich Zeuge einer unangenehmen Szene. Die Zarin beanstandete eine Stickerei, die Elena mit großer Sorgfalt verfertigt hatte. Zornig riss sie sie Arbeit an sich, trennte alle Fäden wieder auf und schleuderte sie Elena vor die Füße mit der Anweisung, die Stickerei bis zum nächsten Tag in einwandfreiem Zustand abzuliefern.

Elena mühte sich die ganze Nacht ab und schaffte es tatsächlich, das Werk bis zur gesetzten Frist fertigzustellen. Anna Iwanowna warf einen kurzen Blick darauf, knurrte „Warum nicht gleich so?" und warf die Stickerei mit verächtlichem Gesichtsausdruck auf den Boden.

Während Elena sich wortlos vom Thronbaldachin zurückzog, steckte ich ihr schnell ein Billett zu. „Sie sind schön wie eine Märchenprinzessin", hatte ich geschrieben. „Könnten wir uns einmal unter vier Augen sehen, damit ich Ihnen meine ganze Bewunderung ausdrücken kann?" Ich unterzeichnete mit „Iwan Zarewitsch", dem Namen, den man im russischen Märchen dem Prinzen gibt.

Zu meinem Erstaunen erhielt ich bereits am Nachmittag eine Antwort. Elena Dolgorukowa schrieb: „Ich weiß zwar nicht, welche Märchen Sie mir erzählen wollen, aber kommen Sie morgen Abend um sieben Uhr ins Dolgorukij-Palais. Ihre Elena Alexejewna Dolgorukowa."

Einfach war das Stadtpalais der Dolgorukijs nicht zu finden. Es war ein unschönes, klobiges Gebäude mit niederländischen Backsteinansätzen, denen man ziemlich stilunsicher klassische Säulen und Frontispize angefügt hatte. Wie ein Fremdkörper und grimmig jedes Vordringen abweisend, stand es zwischen seinen eleganteren Nachbargebäuden an dem Kanal, der es glucksend umspülte.

War der alte Kasten überhaupt noch bewohnt? Herabgelassene Vorhänge und Jalousien wiesen eher auf das Gegenteil hin. Ich stand eine Weile unschlüssig, dann fürchtete ich, unnötig die Aufmerksamkeit auf mich zu ziehen, und betätigte den gewaltigen Bronzetürklopfer.

Dumpf hallte es innen durch den Flur. Die Tür ging auf, ich sah eine unwirkliche Gestalt, wie aus grauer russischer Vorzeit. Ein zwergenhafter alter Mann in einem mantelartigen Gewand, kahlköpfig, aber mit einem schlohweißem Bart, der ihm wie lange Wollsträhnen über die dürren Glieder floss.

„Guten Tag", sagte ich. „Ich werde erwartet. Ich bin ..."

„Kommt herein", flüsterte das Männchen, und an den getrübten Augenpupillen, die an mir vorbei ins Leere stierten, sah ich, dass der Gnom blind war.

Er ließ mich eintreten, raunte: „Geht die Treppe hinauf", und war plötzlich verschwunden. Mit klopfendem Herzen stieg ich die Stufen empor, die ein ehemals roter, jetzt unter einer dicken Staubschicht verblasster Läufer bedeckte.

Oben erwartete mich eine Frau in karelischer Tracht. Eine Tür öffnend, bat sie mich in gebrochenem Russisch, einzutreten. Ich fand mich in einem Raum, in dem es muffig roch und der, da die Fenster hermetisch verhangen waren, von mehreren altertümlichen Leuchtern erhellt wurde.

Dann löste sich eine unverkennbar grazile Silhouette aus dem Schatten. Elena kam auf mich zu. Ihr bernsteinfarbenes Haar fiel aufgelöst um ihre Schultern, unter dem hauchdünnen, fast durchsichtigen Musselingewand war ihre zauberhafte Gestalt zu erahnen. „Schön, dass du gekommen bist", sagte sie, und ich küsste ihre zierlichen Finger – nicht umsonst hieß ihre Familie „Langhand".

Ich flüsterte: „Wie konnte ich einer solchen Einladung widerstehen? Wie schön du bist! Oh, Elena, ich bete dich an, ich ...."

„Still, auch wenn du Iwan Zarewitsch bist, brauchst du nicht so gespreizt zu reden. Stärke dich erst einmal."

Die kleine Karelierin brachte Platten mit Lachs, kaviarbelegten Blinis und weiteren Köstlichkeiten. „Meine Märchenfee", stotterte ich. „Das mit der Stickerei tat mir so leid ..."

„Sprich nicht davon. Das zählt alles nichts, jetzt, wo du da bist."

Sie schenkte mir Champagner ein. Verunsichert schaute ich mich in dem düsteren Zimmer um. „Sind wir auch ungestört? Ich meine ..."

„Außer ein paar Dienstboten ist niemand hier. Die Meinen sind ja alle in Sibirien. Schmeckt's, petit prince charmant?"

„Wunderbar. Nur an das fischige Zeug kann ich mich nicht gewöhnen."

„Tu dir keinen Zwang an. Kukka!" Auf ihren Wink schmiss die Karelierin die von mir verschmähten Austern in den Ausguss. Elena zog mich an sich. Mit zitternden Händen schob ich den Musselin zurück. Mein Atem stockte, so verführerisch war das, was sich darunter verbarg.

Auch Elena zitterte. Nie hatte ich es mit einer Frau zu tun gehabt, die so bereit war. Alles an ihr drängte zu mir hin, und mich erfasste ein Fieber, wie ich es nie gekannt hatte.

Es brauchte keiner Worte, keiner Anregung, keiner Einleitung. Wir versanken in dem Diwan, der hinter dem durchsichtigen Vorhang für uns bereitstand.

14

Von der Peter- und Paul-Kathedrale schlug es sieben Uhr. Ich wollte aufbrechen, Elena hielt mich zurück. Etwas wie ein Flehen war in ihren beryllgrünen Augen. „Bleib noch. Du weißt, ich habe niemanden als dich."

Ich ließ mich erweichen. Was tat es schließlich, wenn ich zu spät zum Dienst kam? In Elenas Armen war es so warm, so süß …

Gegen acht brachte Kukka ein üppiges Frühstück: Rührei, Schinken, duftendes Weißbrot und dunklen Kaffee, so stark, wie ich ihn selbst bei den Deutschen nie genossen hatte. Während ich futterte, massierte Elena mir liebevoll die Schultern. „Klein und zäh bist du, aber mein wackerer Iwan Zarewitsch. Man würde gar nicht vermuten, was alles in dir steckt."

„Nicht wahr?", grinste ich. Ich nippte noch einmal am Kaffee und wurde dann ernst. „Lenotschka, willst du mich heiraten?"

Sie blickte mich lange an, dann lehnte sie sich zurück und spielte, wie aus Verlegenheit, mit den Troddeln des Kissens. „Das werden sie nie zulassen. Die Zarin verabscheut mich."

„Aber wenn Prinz Anton für uns eintreten würde? Oder Anna Leopoldowna?"

„Prinz Anton ist ein Nichts. Und auch Anna Leopoldowna hat keinen Einfluss."

„Nun ja, einen kleinen deutschen Fähnrich heiraten ist auch nicht gerade eine Ehre für eine Dolgorukowa."

„Du weißt, dass es nicht so ist. Ich würde mit dir ans Ende der Welt gehen, Fritz. Aber… " Ihre Stimme wurde rau. „…es geht einfach nicht."

Ich schwieg. Kukka räumte das Geschirr ab. Zerstreut streichelte Elena mein Nackenhaar. Ich richtete mich auf. „Würdest du auch mit mir nach Deutschland gehen?"

„Nun…" Sie sah mich lange aus ihren unergründlichen Augen an. Dann sagte sie schlicht: „Natürlich. Aber wie stellst du dir das vor?"

„Ich kenne da einen deutschen Uhrmacher, Heinrich Poehl. Er ist mit allem vertraut, was sich in Sankt Petersburg tut. Auch mit Schiffen, die nach Deutschland fahren."

„Du meinst … Flucht? Lass mich das erstmal verdauen."

Sie entschwebte einen Augenblick und kam dann mit einer Wodkaflasche zurück, aus der sie mir einschenkte. „Ich könnte meine Juwelen verkaufen, natürlich unter dem Preis. Davon könnten wir eine Weile leben."

„Vortrefflich. Natürlich muss alles streng geheim bleiben. Wenn es auffliegen sollte, wären wir verloren."

„Ist mir klar. Wenn es darauf ankommt, bin ich verschwiegen wie ein Grab. – Aber ich denke, jetzt solltest du endlich deine Hosen anziehen."

„Ja, ohne Hosen kann man schlecht einen Heiratsantrag machen."

„Also ist es wirklich dein Ernst? Ach milij moj, moj njezhnij Iwan Zarewitsch …"

Ein kräftiger Schluck aus der Wodkaflasche beschloss unseren Pakt, und wir vergaßen alles um uns.

15

„Mein Liebster

Es ist alles aus. Wir sind verraten, und ich bin auf dem Weg nach Sibirien. Versuche nicht, dich mit mir in Verbindung zu setzen, sondern tu so, als habest du mich nie gekannt.

Das Einzige, das ich jetzt noch wünsche, ist, dass du nicht in mein Unglück hineingerissen wirst. Versuche, mich zu vergessen. Ich werde dich immer lieben.

Adieu, mein Märchenprinz.

Deine Elena."

Ein paar knappe Zeilen bloß, aber sie zerstörten unseren Liebestraum, der - wie grausam konnte das Schicksal doch sein - von so kurzer Dauer gewesen war.

Es half nichts, vor dem Dolgorukij-Palast herumzulaufen, es half nichts, Erkundigungen einzuziehen, es half nichts, die ganze Welt rebellisch zu machen. Ich vermutete, trotz meiner beschwörenden Bitte um Diskretion hatte Poehl es seiner Schwester weitererzählt, und man weiß ja, wozu weibliche Eifersucht imstande ist.

Anna Iwanowna hatte das ausgeführt, wozu sie seit langem entschlossen war: Sie hatte Elena vernichtet. Daran, dass ich unbehelligt blieb, folgerte ich, dass ich kleiner Wurm ihr schnurzegal war: Treffen wollte sie allein die verhasste Dolgorukowa, Schwester des Verschwörers Iwan und der Beinahe-Zarin Jekaterina. Jetzt wo sie die gesamte Sippe nach Sibirien verfrachtet hatte, war sie zufrieden.

Lange Zeit zum Nachdenken hatte ich jedoch nicht, denn es kamen martialische Zeiten. Immer wieder waren die Tataren in die Krim eingefallen, und so erklärte Russland der Türkei den Krieg (man ersuche mich nicht, den Zusammenhang zu klären, ich habe ihn nie begriffen).

An der Seite von Prinz Anton Ulrich zogen die Braunschweigischen Kürassiere also durch ganz Russland. Wie endlos dieses ist, wurde uns in den folgenden Monaten voll bewusst. Unser Regiment unterstand dem irischen Oberst Peter de Lacy, der bereits Peter dem Großen gedient hatte. Feldmarschall von Münnich hatte den Oberbefehl, der ihm allerdings mehr als einmal von dem ehrgeizigen und arroganten Prinzen von Hessen-Homburg strittig gemacht wurde. Weitere ihm unterstehende Offiziere standen ebenfalls des Öfteren am Rand der Meuterei, den selbstherrlichen Feldmarschall focht das allerdings nicht an, er träumte einzig und allein davon, Konstantinopel einzunehmen.

Bestes Einvernehmen herrschte nicht in den russischen Reihen, das merkte man etwa, wenn sich Soldaten wegen eines feschen Frauenzimmers, einer Flasche Wodka oder eines erbeuteten Hühnchens die Köpfe einschlugen. Die Moral war mehr als lax, was aber verständlich war. Die gemeinen Soldaten schliefen auf der nackten Erde und hielten strenge Fastengebote ein, die ihnen wochenlang den Verzehr von Fleisch untersagten. Infolgedessen waren mehr Verluste durch verheerende Epidemien als durch den Feind zu beklagen.

Den Feind bekamen wir erst zu Gesicht, nachdem wir die riesigen Getreidefelder der Ukraine durchquert hatten und am Schwarzen Meer standen. Hier hofften wir auf einen Zusammenschluss mit den österreichischen Truppen, die Franz Stefan, Herzog von Lothringen und Gatte von Anton Ulrichs Cousine Maria Theresia, anführte.

Allerdings waren uns die Türken zuvorgekommen, welche die Landenge von Perekop mit einem Gürtel grimmiger Festungsanlagen verriegelt hatten. Dennoch kämpften wir uns durch. Nach kurzer Belagerung nahmen wir Azow ein.

50.000 Russen und Kosaken marschierten nun durch die Krim, die sich zunächst von trostloser Dürre zeigte und erst im Süden mit gastfreundlicher grüner Vegetation eine bessere Seite hervorkehrte.

De Lacy führte uns nach Bachtschisarai, der Hauptstadt des Khans der Tataren. Fluchtartig hatten die Heiden die Stadt verlassen, uns fielen nur ein paar Sklaven, einige Tatarinnen und etliche Jesuiten in die Hände, die bei den Tataren missioniert hatten. Man kann sich denken, dass die Söldner mit keinem dieser Gefangenen glimpflich umgingen.

Aber auch die Stadt selbst, diese märchenhafte Oase inmitten der Steppe, erlitt ein trauriges Schicksal. Die Männer schonten weder die Minarette, die filigran gen Himmel wuchsen, noch die mit Arabesken und Kalligraphien verzierten Prunkräume, noch die Sofas und Teppiche des Serails, auf denen sich nur flüchtig Münchhausen und seine Kameraden mit Weinflaschen und Haremsdamen gelümmelt hatten: Wir legten alles in Schutt und Asche und zogen weiter nach Otschakow. Bei der Erstürmung der Stadt zeigte mein Herr einen Heldenmut, den niemand ihm zugetraut hatte: Mit nur wenigen Getreuen galoppierte er dem die russische Fahne schwingenden Münnich nach über den Festungsgraben. Dass er dabei sein Pferd und einige seiner Männer verlor, tat unserer Siegesfreude keinen Abbruch. Nachdem das feindliche Munitionslager durch einen Zufallstreffer unsererseits in die Luft geflogen war, ergaben sich die Türken, und wir konnten die Stadt unser nennen. Unser wochenlanger Beschuss hatte die allerdings in einen Trümmerhaufen verwandelt.

Als wir einzogen, umwehte uns der Moderhauch von 4000 dort herumliegenden Feindesleichen. Dennoch mussten wir den ganzen Winter in der Ruinenstadt ausharren. Wir widerstanden auch dem Ansturm des Türkenheers, das sich vergeblich anstrengte, die Stadt zurückzuerobern, und dann wieder unverrichteter Dinge abrückte.

Siege und Niederlagen lösten sich ab. Nachdem wir uns drei Jahre in den Schwarzmeerwüsteneien aufgerieben und an die 30.000 Soldaten verloren hatten, durften wir endlich nach Hause. Otschakow war wieder an die Türken gefallen, Azow blieb in russischer Hand, allerdings unter der Bedingung, dass die Festungsanlagen geschleift würden.

Eine magere Beute, aber was tat's? Ich hatte Pulverdampf gerochen, zwei Verwundungen davongetragen, und drei Pferde waren unter mir erschossen worden. Als der Feldzug begann, war ich ein Knabe, als ich zurückkehrte, ein Mann.

Münchhausen gab an, als habe er Azow und Otschakow im Alleingang erobert. „Tja, andere, die krochen am Boden und durch unterirdische Gänge, ich aber, ich hatte meine eigene Art, in die Festung zu kommen: Ich setzte mich auf eine Kanone und flog auf der Kanonenkugel hinter die feindlichen Mauern!"

In Petersburg heftete die Zarin uns allen den Orden des Heiligen Andreas des Erstberufenen – die höchste russische Auszeichnung – an die kriegerischen Brüste, wobei Münchhausen nörgelte, ihm wäre Bernstein oder Zobel lieber gewesen. Der wie immer allzu bescheidene Prinz murmelte, er habe die Strapazen des Krieges lediglich auf sich genommen, um „bei einer vollkommen tugendhaften Prinzessin Approbation zu erlangen".

In ihrer Siegesfreude drückte die Kaiserin - die noch dicker und noch gelber im Gesicht geworden war - unseren Prinzen an sich, dass ihm die Rippen krachten: „Endlich habt Ihr Euch als Mann erwiesen, Anton Ferdinandowitsch! Jetzt werden aber Nägel mit Köpfen gemacht! Ihr habt lange genug gesäumt: Es wird endlich geheiratet, mein Bester!"

16

Die Braut fuhr in einer goldenen Kutsche vor. Zarin und Großfürstin glitzerten in silbernen Roben, eine Flut von Diamanten im Haar. Den Bräutigam schaffte Biron in einer Kutsche herbei, die vier Pagen, vier Heiducken, zwei Kammerherren, acht Läufer, vierundzwanzig Lakaien sowie sechs Neger begleiteten, die mit Straußenfedern angetan waren und so eng anliegenden Samtkostümen, dass es aussah, als ob sie nackt wären.

Braut und Bräutigam tauschten ihren Treueschwur in der Kirche der Gottesgebärerin aus, beide blass und gefasst, als wohnten sie einem Leichenbegängnis bei. Münchhausen flüsterte mir zu: „Wer von beiden ist hier wohl das Opferlamm?"

„Beide", flüsterte ich und hielt den Atem an, als Erzbischof Ambrosius dem Brautpaar die Hochzeitskronen über die Köpfe hielt. Als der Bräutigam mit tränenerstickter Stimme schwor, er werde seine Braut lebenslang mit zärtlicher Liebe und Hochachtung verehren, weinten Anna Leopoldowna, Anna Iwanowna und Elisabeth Petrowna haltlos mit.

Der Trauung, bei der ganz Petersburg zugegen war, folgten ein Festbankett und ein Ball. Mittelpunkt war bezeichnenderweise nicht das Brautpaar, das steif im Menuett- und Chaconne-Rhythmus schritt, sondern die Zarewna Elisabeth Petrowna. Die „russische Venus" war in Rosa und Silber erschienen, tief dekolletiert, ein kokettes Diadem in den blonden Locken. Rund und rosig wie eine Meißner Porzellanfigur, beharrliches Lächeln im Puppengesicht, feuchten Glanz in den meerblauen Augen.

Die Zarin und ihre Damen ignorierten sie, die Herren - Anton Ulrich inbegriffen – starrten sie hingerissen an. Als Andreas Ostermann (wie immer hartnäckigen Pesthauch verbreitend) einen Toast auf die Zarenfamilie ausbrachte, bei dem alle ihre Gläser hoben, wurde Elisabeths Lächeln maliziös. Anna Iwanowna leerte grimmig ihr Glas, schnaubte und gab Anna Leopoldowna einen Wink, sich für die Schlachtbank bereitzumachen.

Die Brautleute wurden in den Sommerpalast eskortiert. Bleich wie der Tod, präsentierte sich die Großfürstin in einem mit Brüsseler Spitzen verzierten Nachthemd. Der unverschämt grinsende und sich betont devot gebende Biron führte Prinz Anton Ulrich herbei, der einen gefütterten roten Morgenrock trug. Dann schlossen sich die Türen des Brautgemachs.

Mich hielt seltsame Unruhe gefangen. Anstatt mich schlafen zu legen, ging ich zu den Wachsoldaten hinunter, die bei Bier und Krimwein saßen. Einer mit einem grotesken roten Schnauzbart zwinkerte mir zu: „Nun, haben Sie das Brautpaar würdig zu seinem Liebesglück geleitet?"

Ich antwortete nicht, sondern hielt ihm mein Glas entgegen. Purpurner Muskat gluckerte in den Weinkelch. Ich trank hastig, ja, gierig. Durch die offenstehende Tür sah ich eine Frau im Négligé. Julie von Mengden. Sie sah angespannt aus. Ich ging zu ihr hin. „Sie schlafen nicht, Baroness?"

„Wie sollte ich? Ach, kommen Sie mit. Vielleicht richten Sie mehr aus."

„Ausrichten, wobei?"

Statt einer Antwort führte sie mich in den Garten. Auf der Terrasse stand Anna Leopoldowna in ihrem weißen Atlas und weinte.

Wir eilten auf sie zu. „Ännchen, du wirst dir noch den Tod holen", beschwor sie Julie, aber sie wollte nichts hören.

„Der Tod wäre mir Erlösung. Was soll ich noch auf dieser Erde?"

„So nimm doch Vernunft an. Es hilft alles nichts. Und so schlimm ist er doch gar nicht. Andere Frauen müssen Greise heiraten, Männer mit Mundgeruch oder dicken Bäuchen …"

„Als ob das mir ein Trost wäre", schnüffelte Anna Leopoldowna.

Ich stammelte: „Prinz Anton Ulrich ist im Grunde ein ganz netter Kerl. Keiner, der eine Frau zu etwas zwingt, was sie nicht will."

„Ach, Sie dahergelaufener Stiefelputzer! Halten Sie sich bloß raus", schnüffelte Anna Leopoldowna.

„Komm, Ännchen", flehte Julie. „Denk dir, was uns allen blüht, wenn die Zarin davon Wind bekommt."

Die Großfürstin schauderte, Julie wischte ihr die Tränen ab. Dann atmeten wir auf, als die immer noch schnüffelnde Braut sich endlich ins Innere des Palastes ziehen ließ.

Von unten hörten wir den Radau der Wachen, als wir uns wie auf Katzenpfoten die Treppe hinaufstahlen. Prinz Anton

Ulrich saß auf dem Bett, die Hände zwischen den Knien. „Ma chère", sagte er zu seiner Braut, « quel bonheur de vous retrouver. Kommen Sie, meine Liebe, vor dem Schicksal kann man nicht davonlaufen."

17

Eine Hochzeit genügt der Zarin nicht, sie will eine zweite haben. Im Gegensatz zu der ersten soll hier aber eine Menge Spaß herausspringen.

Anna Iwanownas Lieblingsnärrin, die Kalmückin Adjota Buzheninowa, sägt schon lange an ihrer Herrin, ob sie ihr nicht einen Mann besorgen könnte. Die Kaiserin ist Feuer und Flamme. Ist da nicht eine gute Gelegenheit, ihren Hofnarren Mikhail Golitsin dafür zu bestrafen, dass er seinerzeit eine Italienerin – noch dazu eine Katholikin! – geheiratet hat?

Artemij Wolynskij, ein Minister des Kabinetts, macht sich ein besonderes Vergnügen draus, die Hochzeit auszurichten. Das Brautpaar sitzt auf einem Elefanten – in einem Käfig, damit es nicht in letzter Minute Reißaus nehmen kann. Schlitten begleiten es, die von Rentieren, Kamelen, Hunden und Schweinen gezogen werden. Der Hofpoet Trediakowskij rezitiert eins seiner unsäglichen Gedichte. Jakuten, Tscherkessen, Kirgisen, Samojeden, Kalmücken und Finnen in Nationaltrachten tanzen um den Zug. Der erreicht den Palast, der in aller Eile für die Hochzeitsnacht vor der Newa aufgerichtet worden ist. Er ist vollständig aus Eis skulptiert.

Phantastische Eissträucher umgeben ihn, auf deren Zweigen Vögel – ebenfalls aus Eis – sitzen. Aus Eis ist auch der Elefant in Lebensgröße, aus dessen Rüssel tagsüber Wasser, nachts brennendes Erdöl spritzt. Das frostige Innere des Palastes beherbergt einen reich gedeckten Esstisch, ein stilles Örtchen und ein Himmelbett mit Kissen und Polstern – alles bis in die letzten kunstvollen Details aus Eis gemeißelt. Die Zarin führt das Brautpaar hinein, zeigt auf die eisige Lagerstatt und wünscht Gute Nacht. Danach lässt sie die Tür verriegeln und Wachen vor den Eingang postieren. Ganz gleich wie Golitsin und die Kalmückin die Nacht überstehen – sie hat ihre Belustigung gehabt.

18

Als minder amüsant als die Hochzeitsnacht im Eispalast sollten sich die Friedensverhandlungen mit den Osmanen gestalten, die in den für Russland und Österreich wenig vorteilhaften Vertrag von Belgrad mündeten. Der Friedensschluss war jedoch unabdingbar, weil die Russen nicht noch mehr Geld verlieren wollten und die Truppen an der finnischen Grenze gebraucht wurden, wo die Schweden auf provokante Weise aufgerüstet hatten.

Anna Iwanowna jammerte, als zapfe man ihr Herzblut ab. Feldmarschall Münnich gab sie einen mit Diamanten bestückten Säbel, er verlangte den Titel eines Prinzen der Ukraine. „Nein, wie bescheiden", lamentierte die Kaiserin. „Warum will er nicht gleich zum Großfürsten von Moskau ernannt werden?"

Wolynskij bekam 20.000 Rubel. Es sollte sein letzter Triumph sein.

Die frustrierte Monarchin reagierte sich ab, indem sie erneut gegen die inneren Widersacher zu wüten begann. Die Dolgorukijs waren so gut wie ausgerottet, die Töchter Fürst Alexejs, Jekaterina, Anna und jetzt auch Elena, hatte man gezwungen, als Nonnen in sibirische Klöster einzutreten.

Wenn ich mir Elena in einer kahlen Klosterzelle vorstellte, das bernsteinfarbene Haar abrasiert, verkrampfte sich mein Inneres. Aber es gab nichts, was ich für sie tun konnte. Es sei denn, darauf zu warten, dass das kaiserliche Scheusal bald an seinem eigenen Gift ersticken würde.

Das Scheusal nahm sich Zeit. Es überhäufte Biron mit Gold und Silber, verschaffte ihm das Herzogtum von Kurland und die Reichsfürstenwürde (von Kaiser Karls Gnaden). Woraufhin der ehemalige Stallmeister sich wie ein orientalischer Potentat gebärdete. Den neuen Herzogspalast von Mitau, den ihm Rastrelli gebaut hatte, und all seine kurländischen Schlösser füllte er mit dem Teuersten, das er auftreiben konnte. Ein Pfau auf wackeligen Füßen, stolzierte er in Zobel und Silberfuchs durch seine Schlösser, während alles vor ihm ehrfurchtsvoll zu Boden sank.

Biron aber wollte mehr: Er verlangte Wolynskijs Kopf. „Entweder er geht oder ich!", flennte er vor der Kaiserin. Deren Entschluss fiel natürlich zu Gunsten ihres Favoriten aus. Wolynskij wurde beschuldigt, ein Mordattentat auf Biron, Münnich und Ostermann geplant zu haben, und zum Tod durch Pfählen verurteilt. Erst in letzter Minute zeigte Anna

Iwanowna Gnade: Man riss dem von der Tortur gebroche-
nen alten Mann auf dem „Fetten Markt" die Zunge aus und
hackte ihm dann die rechte Hand und den Kopf ab.

Die Zarin ersparte sich das blutige Spektakel und ritt auf
die Jagd.

19

Naiv wie sie war (Umsicht ist nun einmal nicht jedem
gegeben), hatte Anna Leopoldowna das Ereignis viel zu früh
ausposaunt. Fortan saß sie wie eine Gefangene im Sommerpalast. Sie wurde in Flanell gewickelt und musste Lebertran
trinken. Als Gefängniswärterin wachte die Zarin über die
Schwangerschaft: Für alle hing zu viel davon ab.

Prinz Anton Ulrich wurde jetzt mit etwas mehr Respekt
behandelt. Zwar verdross es ihn, dass der Oberbefehl über
das neu geschaffene Ismailowskij-Regiment nicht ihm, sondern Karl Gustav von Löwenwolde übertragen worden war.
Dafür ernannte man ihn, im Rang einer Premiermajors, zum
Kommandeur des Semjonowskij-Regiments, was mit nicht
weniger Prestige verbunden war. Auch durfte er sich mit
dem Titel „Generalissimus" brüsten. Was, so sollte man
meinen, das mindeste ist, das dem Schwager eines Königs
von Preußen zusteht. Am 31. Mai 1740 bestieg Friedrich II.
den Thron und schaffte als erste Amtshandlung die Folter
ab. Das Volk setzte große Erwartungen in den jungen König,

weniger seine Gattin. Irgendwie ahnte sie bereits, dass ihr nicht sehr frauenfreundlicher Gemahl sie nächstens in ein entlegenes Schloss abschieben würde. Dass ihr Bruder, der regierende Herzog von Braunschweig Karl, mit einer Schwester ihres Gatten verheiratet war, würde daran wohl nichts ändern.

Der Stammhalter der russischen Braunschweiger kam am 23. August 1740 zur Welt. Es war ein Junge, dem man den Namen seines Urgroßvaters, Iwan, gab. Gleißend vor Stolz, stellte die Zarin ihren Nachfolger der Welt in einer mit grünem Taft und maulbeerfarbenem Samt ausgelegten Wiege vor, die der kaiserliche Adler und der Andreasorden hüteten.

Dass auch die Gesichtsfarbe der Herrscherin ins Violette spielte, entging der lauernden Kamarilla nicht. Man befürchtete einen Hirnschlag, es war aber ihr altes Steinleiden, das der Zarin zu schaffen machte. Kurz nach ihrer Nichte Niederkunft sank sie in Ohnmacht. Sie schwitzte, wimmerte, wälzte sich in den Kissen. Unerträgliche Schmerzen quälten sie. Biron schlich pausenlos um ihr Bett, um zum Vormund und Regenten des Neugeborenen ernannt zu werden. Nastasja Schestakowa, ihre treueste Hofdame, fing in einer Silberschüssel das Blut auf, das die kaiserlichen Lippen in regelmäßigen Abständen ausspien.

Jetzt starrte die Zarin mit irren Blicken zum Fenster. „Da, die weiße Frau!"

„Annuschka, ich sehe aber nichts", suchte Biron sie zu beruhigen.

„Doch, doch, es ist die weiße Frau. Meine Doppelgängerin!" Röchelnd fiel Anna Iwanowna in die Kissen zurück. „Das ist das Ende."

Das Ende ließ allerdings noch etwas auf sich warten. Hastig unterzeichnete die Monarchin das Dokument, in dem sie Biron zum Regenten ernannte. Kaum verhohlenen Triumph in den Augen, kniete der Herzog von Kurland vor dem Sterbebett und küsste die Hände seiner Herrin, die dick und gelb auf der Decke zuckten. „Matjuschka", winselte er mit Tränen in den Augen, „Matjuschka ..."

„Zu spät, mein Hase", röchelte die Zarin. Ein Husar trat vor und flüsterte Biron ins Ohr, dass der deutsche Kaiser ebenfalls in den letzten Zügen liege. Biron nickte und schluckte seinen Nasenschleim hinunter.

Die 47-jährige Zarin bäumte sich auf, starrte zum Fenster und sank gurgelnd zurück. Ein letzter fiebernder Blick zu dem vor ihrem Bett knienden Ernst Johann von Biron. „Keine Angst!", wisperte sie und gab den Geist auf.

Zweiter Teil

1

Russland hatte einen Zaren gehabt, der als falsch galt, weil er ein entlaufener Mönch war, einen, der den Beinamen der „Schreckliche" trug, da er mit seinem Zepter seinen Thronfolger erschlug, und einen, den man groß nannte, obwohl er seinen einzigen Sohn zu Tode folterte und seiner Frau den abgeschlagenen Kopf ihres Liebhabers in einem Pokal auf dem Nachttisch präsentierte.

Eine Bauersfrau und eine Jägerin hatten über die Rus geboten. Zwei Jahre lang hatte ein lüsterner Knabe die moskowitische Krone getragen. Und jetzt war ein zwei Monate altes Wickelkind Herrscher aller Reußen.

Rosig und pausbäckig war Iwan VI. alias Ioann III., ein kleiner Cherubin. Wenn er, auf dem Schoß seiner Kinderfrau Anna Fedorowna Juschkowa sitzend, in seiner von einem Pony gezogenen Kutsche vom Sommerpalais zum Winterpalast fuhr, schaute ihm ganz Petersburg gerührt zu.

Der Übergang von der kurländischen Furie zu dem kleinen Cherubin war ohne Probleme verlaufen, oder, wie der britische Botschafter Edward Finch meinte, „so reibungslos wie die Wachablösung im Hyde Park".

Über den Baby-Zaren geboten allerdings nicht seine Eltern, sondern Biron. Der schlich wie ein Löwe herum, nach Feinden witternd, denen er in jedem Moment an die Gurgel wollte. Einige seiner potentiellen Gegner hatte er bereits verhaften lassen. Anna Leopoldowna wagte er nicht zu attackieren, aber immer wieder wurde ihr Gatte Zielscheibe seines Hohns und seiner Häme. Den Titel eines Generalissimus verdiene Anton Ulrich gar nicht, stichelte Biron, den ganzen türkischen Feldzug sei er nur wie ein Dämchen auf seinem Schimmel gesessen und habe seinen Säbel und seinen Brustpanzer blitzen lassen. Ein Held sei der Braunschweiger wahrhaftig nicht, er möge sein Cello spielen und seiner Frau ein weiteres Kind machen.

Anna Leopoldowna war in der Tat wieder schwanger. Die Frage war nur, von wem? Der verführerische Moritz zu Lynar, Kursachsens Gesandter, war wieder in Petersburg und gern gesehener Gast in den kaiserlichen Palästen. Mit Anna Leopoldowna, Anton Ulrich und Julie von Mengden saß er bis spät in die Nacht bei einer Partie Pharao oder Durak. Bis die Großfürstin ihrem Gatten beschied, sich zu seinem Cello zurückzuziehen. Was dann weiter geschah, kann ich nicht sagen, denn ich war nur gelegentlich beim Kartenspiel dabei und zog mich natürlich gleichfalls zurück, wenn mein Herr diskret eine Gute Nacht wünschte.

2

Iwan VI. wurde verständlicherweise auch von der deutschen Kolonie begrüßt, da er mehr deutsches als russisches Blut hatte. Als er vernahm, dass Anna Leopoldownas Zimmer voller Ikonen hingen, meldete Pastor Bachmann jedoch

Bedenken an. „Wir müssen wachsam sein", sagte er, schwarz und hager über die Kanzel der Petrikirche ragend. „Auch in der babylonischen Gefangenschaft müssen wir zusammenhalten." (Von der Diaspora war keine Rede mehr). „Als Gemeinschaft zusammenstehn und das hochhalten, was uns so einzigartig macht: deutscher Charakter und deutsche Wesensart."

Die angesprochene Gemeinschaft hielt den Atem an. Mitten unter ihnen saßen Heinrich Poehl und seine Verlobte, eine frühere Modistin, sowie Luise und ihr Mann, ein Geselle ihrer Bruders. Aber mit ihnen pflegte ich keinen Umgang mehr. Hieronymus von Münchhausen kam nicht mehr zum Gottesdienst, seitdem er mit der Gattin eines angesehenen deutschen Reeders ein Verhältnis hatte. Ich war demnach der Einzige aus höfischen Kreisen, der des Pastors Empörung über sich ergehen lassen musste.

Bachmanns Augen blitzten, seine Hände krallten sich um die Brüstung des Predigtstuhls, dass die Knöchel weiß hervorstanden. „Hüten wir uns, Verlockungen zu erliegen, die wir täglich vor Augen haben. Ikonen küssen und sich hundert Mal vor ihnen bekreuzigen, das Bildnis eines geflügelten Wesens anbeten, das seinen eigenen Kopf auf einem Tablett trägt: das mag Sache der Baalspriester sein, einem rechtschaffenen Lutheraner steht das nicht zu."

Dann stieg der gute Pastor von der Kanzel, um nebenan in der Petrischule seinen Sonntagsschülern mit dem Rohrstock deutschen Charakter und deutsche Wesensart beizubringen.

3

In seinem Eifer hatte Biron Prinz Anton Ulrich in aller Öffentlichkeit bloßgestellt, ihn einen Nichtstuer und Schmarotzer geschimpft, der besser täte, nach Deutschland zurückzukehren. Das ging Anna Leopoldowna doch zu weit. Sie rief Ostermann und Münnich zu einer Krisensitzung. Ostermann, der feige Hund, schmierte sich Kreide ins Gesicht, versprühte Russisch Leder und Moschus (was seinen eigenen Körperdunst kaum zu überdecken vermochte) und ließ sagen, er könne nicht kommen, da er todkrank sei.

Dies war Münnichs große Stunde. Er ließ sich von der Großfürstin Tee servieren, betrachtete wohlgefällig seine Spitzenmanschetten und sagte dann mit scheinbarer Gelassenheit: „Wenn es Eurer Gnaden Wunsch ist, befreie ich Sie von dem unverschämten Emporkömmling."

Nunmehr bekam Anna Leopoldowna Angst vor ihrer eigenen Courage. Sie murmelte: „Er hat das Ismailowskij-Regiment hinter sich."

„Und wir das Semjonowksij. Madame brauchen nur ein Wort zu sagen …"

„Nun, nun …"

„Wie meinen Euer Gnaden?"

„Also gut", sagte Anna Leopoldowna fast unhörbar. „Tun Sie, was Sie für richtig halten."

Münnich empfahl sich mit einem Lächeln des Triumphes. Einen Tag später stand eine Gardekompanie unter dem

Kommando eines Leutnants von Manstein vor dem Winter-palast. Es war Mitternacht, und wir wollten gerade zu Bett gehen. Julie von Mengden führte Manstein und seine Män-ner herein. Auf Anna Leopoldownas bleichen Wangen zeichneten sich hektische Flecken ab. Sie flüsterte: „Ist es so-weit?"

Manstein verneigte sich: „Wir warten auf Eurer Gnaden Befehl."

Prinz Anton Ulrich erhob sich, ich folgte seinem Beispiel. Er fragte: „Ma chère, wenn ich behilflich sein kann ..."

„Nein, nein", sagte seine Gemahlin. „Gehen Sie zu Bett, drug moj. Ich komme gleich nach."

Während wir uns zurückzogen, hörten wir noch, wie Anna Leopoldowna ein paar scheinbar anfeuernde, in Wirk-lichkeit jedoch noch immer recht zaghafte Worte an die Sol-daten richtete. Worauf die sich umdrehten und die Treppe hinunterpolterten.

Am nächsten Morgen erzählte uns die Mengden beim Frühstück, was weiter geschehen war. Vom Winterpalast marschierte die kleine Kompanie schnurstracks zum Som-merpalais. Dort hatte sie einige Mühe, Birons Schlafgemach zu finden. Nachdem sie eine Viertelstunde in den endlosen Gängen umhergeirrt waren, waren sie schließlich am rich-tigen Ort. Manstein befahl „Vorwärts", seine Männer stürmten vor. Als sie die Tür aufstießen, sprang Biron unter seiner Decke hervor und versteckte sich unter dem Bett. Die Soldaten zerrten ihn heraus, und da er Widerstand leistete, schlugen sie mit ihren Gewehrkolben auf ihn ein. Sie fessel-ten und knebelten ihn und schleiften ihn - „splitternackt", prustete die Mengden amüsiert - durch die große Halle, wo Anna Iwanowna noch aufgebahrt lag, nach draußen in eine bereitstehende Kutsche.

Birons Frau eilte ihnen kreischend im Nachthemd nach, bis die Schneewehen vor dem Eingang sie aufhielten. Dort ließ man die arme Frau liegen.

Biron wurde in die Festung Schlüsselburg im Ladogasee - auf die wir zu unserem Leidwesen noch wiederholt zurückkommen werden - gebracht, scharf verhört und mehrmals ausgepeitscht. Unter anderem legte man ihm zur Last, er habe den Tod der Zarin beschleunigt, indem er sie zwang, mit ihm auszureiten, obwohl sie schwer krank war.

Man machte ihm den Prozess und verurteilte ihn zum Tod durch Vierteilung. Anna Leopoldowna, die niemals blutrünstig war, begnadigte ihn und schickte ihn mit seiner gesamten Familie ins Exil nach Sibirien, dorthin, wohin er so viele seiner Feinde verbannt hatte.

4

Der neuen Regentin leistete das Heer noch am selben Tag den Treueschwur. Anna Leopoldowna lobte den Einsatz ihrer Soldaten und belohnte sie damit, dass sie das Verbot, Kneipen aufzusuchen, aufhob – was ihr einen Zuwachs an Popularität einbrachte.

Alle, die zu ihr gestanden hatten, erhielten ihr Entgelt. Münnich wurde Premierminister, Ostermann Großadmiral, Tscherkaskij Reichskanzler, Iwan Brylkin, der sich in der Affäre mit Lynar als Kuppler bewährt hatte, Oberstaatsanwalt. Manstein wurde zum Oberstleutnant befördert und durfte an die schwedische Front. Julie von Mengden bekam Birons Schmuck und seine Ländereien im Wert von 140.000 Rubel.

Jetzt, wo der letzte Unrat des alten Regimes hinweggefegt war, hielt ich die Zeit für gekommen, bei Anton Ulrich nachzufragen, ob man nicht endlich die Dolgorukijs begnadigen sollte. Der Prinz blickte skeptisch. „Nun, es gibt noch so viel zu tun. Wir haben im Moment andere Prioritäten …"

„Ja, aber wenigstens die Fürstinnen könne man aus ihren Klöstern herauslassen!"

„Ich habe da sehr widersprüchliche Meldungen gehört. Jekaterina wollte mit einem Mönch davonlaufen und wurde wieder eingefangen." Anton Ulrich räusperte sich unbehaglich. „Diese Mädchen sollen ganz mannstoll sein."

„Aber Elena doch nicht!"

„Gewiss nicht. Ich verstehe dich ja, Fritz. Aber hab etwas Geduld. Zu gegebener Zeit werde ich die Regentin bitten, sich der Sache anzunehmen."

5

Mit ihrem neuen Amt war die Regentin total überfordert. Mehr als einmal seufzte sie: „Wäre mein Sohn doch schon großjährig und ich diese Last los!"

Die Staatsgeschäfte verursachten ihr Kopfschmerzen, kaum überflog sie die Papiere, die man ihr zum Unterschreiben vorlegte. Auch ihre Gewohnheit, spät aufzustehen und dann in Négligé und unfrisiertem Haar herumzutrödeln, hatte sie nicht abgelegt. Dafür bot ihre zweite Schwangerschaft ihr einen (wenn auch schwachen) Vorwand.

Dass sie den Männern, die jetzt die Macht in Händen hielten, ausgeliefert war, machte sie nervös, rüttelte sie aber nicht aus ihrer Lethargie wach. Wenn Elisabeth Petrowna aus ihrem Moskauer Asyl gelegentlich nach Sankt Petersburg kam und durch die Straßen fuhr, wurde sie allenthalben enthusiastisch begrüßt. Anna Leopoldowna aber verschanzte sich in ihren Schlössern, als sei sie menschenscheu.

Natürlich versuchte Münnich sie auf ihre Seite zu ziehen bzw. sie für seine Politik einzunehmen. So befürwortete er eine Allianz mit dem Preußenkönig, der eifrig dabei war, sich das österreichische Schlesien einzuverleiben. Anna Leopoldowna widerstrebte es jedoch, ihrer alten Bundesgenossin Maria Theresia in den Rücken zu fallen, die als Frau von allen Seiten angegriffen wurde und noch dazu Anton Ulrichs Cousine war. Als Verbündete bevorzugte die Regentin Frankreich. Und, was auf der Hand lag, Sachsen.

6

Gerne wären wir an die Front geritten, um den Schweden ihre Heimtücke heimzuzahlen. Prinz Anton Ulrich hielt es aber für ratsam, in diesen kritischen Momenten an der Seite seiner Gattin zu bleiben.

Münnichs Stern hatte nicht lange geglänzt. Als er immer wieder versuchte, der Regentin eine Allianz mit Preußen aufzuzwingen, kam etwas zum Vorschein, was man nicht in ihr vermutet hätte: Trotz. Sie nahm allen Mut zusammen und sagte Münnich, wenn er nicht mit ihrem Herrschaftsstil übereinstimme, könne er ja seinen Abschied nehmen. Auf diesen Vorschlag ließ sich der Feldmarschall ein, in der festen Meinung, die Großfürstin würde seinen Rücktritt nicht annehmen. Worin er sich gründlich irrte.

Ostermann, der erneut alle Macht an sich riss, frohlockte: Münnich wäre nur auf dem Schlachtfeld zu gebrauchen, als Staatsmann sei er eine Niete. Anna Leopoldowna stützte sich jetzt fast ausschließlich auf diesen gerissenen alten Fuchs und auf ihren alten Vertrauten Iwan Brylkin. Sie legten ihr nah, sich zur Kaiserin krönen zu lassen, und die Großfürstin meinte, sie würde sich das durch den Kopf gehen lassen.

Fürs Erste kümmerte sie sich um die für Russland kämpfenden Truppen. Da sie fand, ihre Uniformen seien von minderwertiger Qualität, leitete sie eine Kontrolle der Webereien ein, die diese herstellten. Zu ihrem Schrecken fand sie heraus, dass die Arbeitsbedingungen in den Stoffmanufakturen besorgniserregend waren. Auf der Stelle ordnete sie die Kürzung der Arbeitszeit sowie eine medizinische Versorgung in jeder Fabrik ein. Im Volk wurden diese Neuerungen natürlich sehr positiv aufgenommen.

Zur Geburt ihrer Tochter Katharina (Elisabeth Petrowna war Taufpatin) im Sommer 1741 erhielt Anna Leopoldowna ein denkwürdiges Geschenk: Die unter Feldmarschall de Lacy kämpfenden russischen Streitkräfte nahmen die schwedische Stadt Villmanstrand ein. Die Schlacht kostete zweitausend Russen und viertausend Schweden das Leben. Tausend schwedische Soldaten, darunter ihr Befehlshaber General Wrangel, fielen den Russen als Gefangene in die Hände.

Man feierte den Sieg mit einem Tedeum, einem Ball und einem Feuerwerk, das die Newa in eine Farbenexplosion verwandelte. Während Julie von Mengden die kleine Katharina in ihren Armen wiegte, hielt die umjubelte Regentin in der einen Hand ein Champagnerglas und in der anderen ihren Sohn, den Zaren: Die braunschweigische Sonne stand auf ihrem Zenit.

7

Es war ein wunderbarer Sommer. Tausende von Faltern und Bienen flatterten um die Blumenbeete von Peterhof und Zarskoje Selo. Hier hielt sich die Familie bevorzugt auf, die beiden Säuglinge in ihrer Mitte. Katharina versprach sich gut zu entwickeln, obwohl sie etwas schwächlicher war als ihr Bruder, der zwar gerade an seinen ersten Zähnen laborierte, ansonsten aber ein fröhliches und an allem interessiertes Kind war.

Dass man die Kleinen zu sehr verwöhnte, dagegen setzte sich eher Julie als Anna Leopoldowna ein. Der Regentin erste Hofdame beherrschte unseren kleinen Kreis und bestimmte, wo es lang ging. Sie war die Einzige, die es wagen konnte, zu gähnen, wenn Anton Ulrich, der darauf bestand, sich auf seinem Cello in die Klänge der Hofmusikkapelle einzugliedern, wieder einmal penetrant falsch spielte.

Die Großfürstin lehnte träge in ihrem Korbsessel und träumte vor sich hin. Lebendig wurde sie nur, wenn sich in die Gartendüfte ein intensiver Geruch nach Pomade und teurem französischen Parfum mischte. Ein klares Indiz, dass sich Graf Lynar im lilafarbenen oder aprikosengelben Frack näherte. Diesen Fant, der vergessen hatte, dass er bereits vierzig war, konnte ich nicht ausstehen, er war aber aus unserer Gesellschaft nicht wegzudenken. Wenn er zierlich an seiner – stets tadellos gesteiften – Krawatte zupfte oder sich kokett über die zart gepuderte Perücke fuhr, kam er mir viel effeminierter vor als Anton Ulrich, dem man doch immer einen Mangel an Männlichkeit vorwarf. Moritz Graf zu Lynar hatte jedoch andere Qualitäten: Er galt als der beste Zuchtbulle weit und breit.

Auch für den neuesten Klatsch war sich Lynar nicht zu schade. Zwischendurch erzählte er von seiner Heimatstadt Lübbenau und den Schönheiten des wasserreichen Spreewaldes. Julie seufzte, Anna Leopoldowna hob das Glas mit der eisgekühlten Limonade an ihre Lippen. Dann sagte sie plötzlich: „Wir verstehen uns doch alle so gut. Julchen, was würdest du davon halten, Graf Lynar zu heiraten?"

Alle saßen verblüfft, die Großfürstin tat, als hielte sie ihrer Tochter eine Rassel hin, lugte aber mit einer Spur Verschlagenheit von unten zu uns hoch: „Nun?"

„Ach, ich weiß nicht", zierte sich Julchen. „Will der Graf mich denn überhaupt?"

Lynar sagte schnell: „Wer würde einer solch charmanten Dame, der Zierde des Hofes, einen Korb gegen? Si vous le pensez vraiment, je suis d'accord."

Da Julie noch immer skeptisch dreinschaute, bearbeitete ihre kaiserliche Freundin sie weiter: „Ihr wäret immer in unserer Nähe, ohne dass jemand sich etwas Schlechtes dabei denken könnte. - Sie müssten natürlich Ihr Amt als Gesandter niederlegen, Graf, aber das müsste Ihnen die Sache wert sein. Ich mache Sie dafür zu meinem Oberhofmeister."

Noch immer verharrten wir wie in Hypnose. Anton Ulrich blickte zu Boden, ich scharrte mit den Stiefeln im Kies, Julie war in tiefe Gedanken versunken. Katharina lallte, und Iwan grabschte nach einem Schmetterling, der über seinen Kinderwagten torkelte. Gelassen wandte sich Anna Leopoldowna an ihren Gatten: „Sie sind doch auch einverstanden, nicht wahr, moj drug?"

Das war er selbstverständlich.

8

Was sich da über den Newskij-Prospekt wälzte, hatte Petersburg noch nicht gesehen. Eine Karawane von vierzehn Elefanten, die lässig mit ihren Rüsseln schlenkerten, während das Volk seinen Atem anhaltend zurückwich, Kamele, so viele, dass man sie nicht zählen konnte, Maulesel und Araberhengste unter farbenfrohen Schabracken. Dazwischen paradierten Mohren in Turbanen und Pluderhosen, verschleierte Serailsdamen, Krieger mit Krummschwertern und blitzenden Rundschilden. Sie alle trugen Gold und Diamanten, Smaragde, Rubine, glitzernde Armbänder und Halsketten, die atemberaubendsten Kleinodien. Nach seinem Sieg über den indischen Großmogul und der Einnahme Delhis hielt der Herrscher Persiens, Nadir Schah, darauf, seine Kriegsbeute mit dem Zar der Reußen zu teilen, der wie er gegen die verhassten Türken ins Feld gezogen war.

Im Gegenzug erbat sich der Schah nur eine Kleinigkeit: die Hand der Zarewna Elisabeth. Zwar liebte Peters Tochter Geschmeide über alles, sie hatte aber nicht die geringste Lust, in den Harem eines orientalischen Potentaten zu wandern. Anna Leopoldowna packte die Schätze ein, brachte Elefanten und Kamele in geräumigen Gehegen unter und beschwichtigte die Gesandten des Schahs mit der Versicherung, dass die Zarentochter bereits ihrem Schwager, Prinz Ludwig Ernst von Braunschweig, versprochen war. Und um sie sanft zu stimmen, führte man Elisabeth als Geschenk einen der Elefanten zu.

9

Nach dem persischen Besuch sollte in Peterhof ein Fest im orientalischen Stil, wie aus Tausendundeiner Nacht, stattfinden. Der Palast funkelte von exotischen Geweben, Düfte von Myrrhe, Rosenparfum und Sandelholz benahmen einem schier den Atem. Das Ganze war Julies Idee, die Anna Leopoldowna bereitwillig aufgriff.

Die beiden zeigten sich mit persischen Juwelen überhangen, Seidenhosen, Halbschleiern vor dem Gesicht. Diesem Beispiel hatten alle Damen des Hofes sich anzupassen. Julies Schwester Jakobina, genannt „Bina", musste ein Vermögen für ihr pyjamaartiges Seidenkostüm mit von Pailletten strotzendem Mieder ausgegeben haben.

Von den Usbekinnen forderten die Freundinnen, dass sie einen Bauchtanz vorführen sollten. Doch wie temperamentvoll unsere Mohren auch auf die arabischen Trommeln hämmern mochten, die im Westen groß gewordenen Usbekinnen kannten nur Gavotte und Menuett und stellten sich sehr ungeschickt an. Prinz Anton Ulrich versuchte einer arabischen Laute, die er von der Krim mitgebracht hatte, Wohlklänge zu entlocken, aber da er nur Misstöne herauskratzte, gab er die Sache bald auf. Er hatte die unglückliche Idee gehabt, sich als Harun al Raschid zu verkleiden, aber die zeltartige Dschellaba und das nordafrikanische Kopftuch, die er übergestreift hatte, behinderten alle seine Bewegungen. So stand er für den Rest des Nachmittags trübselig am Rande – aber das tat er ja meistens.

Ich wollte Aladdin sein. Mein Tarbusch und meine Babuschen erhoben jedoch keinen Anspruch auf Authentizität, und so schlenkerte ich eher unglücklich durch die absurde Maskerade. Die ganze Veranstaltung war unnatürlich aufgedonnert, aber war es nicht alles hier?

Zuspruch fanden der Mokka und der Pfefferminztee, die in zierlichen kleinen Gläsern serviert wurden. Später gab es Kefir, Schaschlik und ein widerliches Zeug, das sich „Bulgur" nannte. Wer den Gedanken gehabt hatte, das alles zusammenzumischen, musste ein Genie sein.

Nichts von einem Genie hatte Andreas Ostermann an sich. In seinem schwarzen Kaftan sah er wie ein jüdischer Rabbi aus. Das hinderte ihn nicht daran, so gierig dem Arrak zuzusprechen, dass der Saft ihm die faltigen Wangen entlanglief. Alle machten sich über ihn lustig, aber er trank unverzagt weiter.

„Nein, dieses Fest ist wirklich gelungen", freute sich Anna Leopoldowna. „Und das haben wir dir zu verdanken, Julchen. Aber du hast ja immer so fantastische Ideen."

„Ja, nicht wahr?", pflichtete Julie bei, und die goldenen Fußketten rasselten um ihre dürren Fersen. „Schade nur, dass Elisabeth Petrowna nicht hier ist. Ihr Rasumowskij hätte einen ausgezeichneten Muezzin abgegeben."

„Ach, was du für drollige Sachen sagst", säuselte die Regentin und belohnte ihre Freundin mit einem zärtlichen Kuss auf die Wange.

Den Vogel schoss ohne Zweifel Graf Lynar ab. Er präsentierte sich in rosa Pluderhosen, einem Turban, der die Größe eines Wagenrades hatte, und einem schwarzen Jäckchen, das sein Brusthaar und seine muskulösen Arme sehen ließ. Die Damen waren hingerissen, so sehr unterschied sich dieser männliche Auftritt von der Ziererei, die Lynar sonst an den Tag legte.

An einer Leine hielt der Graf eine gefleckte Raubkatze, die einen Buckel machte und bedrohlich in die Runde spähte. „Neinnein, das ist kein Leopard, sondern ein Gepard", stellte Lynar klar. „Er tut keiner Fliege was, ihr könnt ihn ruhig streicheln."

Nur Julie wagte sich dem Raubtier zu nähern. Kichernd hielt sie dem Geparden eine Hühnerkeule hin, die er mit einem Bissen verschlang.

„Nein, wie reizend", gurrte Julie. „Tanzen Sie mit mir, Lynar, wenn Sie sich einen Augenblick von Ihrem Schoßtier trennen können?"

Die beiden tauchten im Farbenwirbel der Tanzenden unter. Wer sich um den Geparden kümmern musste, war natürlich ich. Ich schlenderte mit ihm zu den Tischen und fütterte ihn mit Schaschlik, bis er sich die Lefzen leckte und seine schrägen Augen weniger stechend blickten. Als er, aus Unmut oder Langeweile, zu knurren begann, führte ich ihn zu seinem Herrn zurück.

Der stand im Gespräch mit Münchhausen, der mit angeklebtem Bärtchen und winzigem Turban eine minimale Konzession an den Orient machte, und Abram Petrowitsch Hannibal, dem früheren Pagen und Patensohn Peters des Großen. Hannibal wischte sich seine schwarzen Wangen ab, die von Schweiß glänzten, und rollte mit den Augen. In heiserem Tonfall sagte er: „Russische Frauen taugen nichts. Ich hatte zwei davon, und alle zwei haben mich nach Strich und Faden betrogen. Ich habe endgültig die Schnauze voll."

„Oh, es gibt anderes im Leben", sagte Lynar, halb belustigt, halb schadenfroh.

„Die Tatarinnen sind nicht übel", mischte sich Münchhausen ein. „Ich hatte ein gutes Dutzend, als ich im Krieg war. Nebenbei habe ich an die hundert Klapperschlangen zertreten und mit bloßen Händen acht Wüstenlöwen niedergerungen."

„Die erste hat mir Zar Peter gegeben", beharrte Hannibal, der mit seinen mächtigen Lippen eine Zornesschnute schnitt. „Eine Griechin. Vor der Ikonenwand schaute sie bereits nach Liebhabern aus. Eine Hexe!"

Er benutzte den neben ihm stehenden Spucknapf, wobei Münchhausen und ich diskret zur Seite schauten. Lässig rollte Lynar die Leine seines gefleckten Monstrums um sein Handgelenk. „Mein Traum war es immer, in Bagdad oder Samarkand Botschafter zu sein. Aber da unsere diplomatischen Verbindungen noch unterentwickelt sind, muss ich mich mit der Vertretung Sachsens in Russland begnügen."

„Was Sie aber nicht mehr lange tun werden", rieb ich ihm unter die Nase.

Hinterhältig fiel Hieronymus in die Bresche: „Sie sind ja verlobt, nicht wahr? Und da Sie demnächst hier den Oberkämmerer machen werden, bleiben Sie uns ganz erhalten."

Dem Grafen war das Thema mehr als unangenehm. „Die Herren werden mich entschuldigen", schnüffelte er und zog den Geparden mit fort, der Großfürstin entgegen. Die, indem sie zerstreut das Tier streichelte, verwickelte ihren Galan in eine lebhafte Konversation.

Dann ertönte ein Gong, und eine Sänfte wurde hereingetragen. Ein Lakai schlug den seidenen Vorhang zurück. In in ihrer ganzen Hässlichkeit ausgebreitet, lag da Awdotja Buzheninowa, die ehemalige Lieblingsnärrin der Zarin Anna Iwanowna. Die verwachsene Kalmückin hatte die grausamen Scherze ihrer Herrin, den ihr aufgezwungenen (inzwischen über alle Berge verschwundenen) Ehemann und die Hochzeitsnacht im Eispalast überlebt, sah aber noch genauso abstoßend wie früher aus – höchstens noch etwas runzeliger, gelblicher und unförmiger.

Mit süßlicher Stimme wandte sich Julie an die Missgeburt: „Awdotja Iwanowna, hättet Ihr wohl die Güte, einen kalmückischen Tanz für uns zu tanzen? Ich bin überzeugt, alle wären hoch entzückt, Euch dabei zuzusehen."

Die Buzheninowa riss ihr Maul auf, dass man die Zahnstümmel darin vibrieren sah, und brummte: „Teuerste Julka, seit einer gewissen Nacht in einer sehr kalten Umgebung sind meine Glieder so von Rheuma zerfressen, dass ich zu solchen Zerstreuungen nicht mehr fähig bin. Ich bitte also, mich gnädig entschuldigen zu wollen."

Julchen machte einen Schmollmund, die Großfürstin jedoch warf unbekümmert ein: „Aber einen Arrak werdet Ihr doch wohl mit uns trinken? Und auch der Scherbett ist vorzüglich."

„Tausend Dank, Kaiserliche Hoheit", sagte die Närrin und leerte den ihr gereichten Becher in einem Zug.

Es wurde weitergefeiert, bis der Gong uns nach draußen rief. Da standen tatsächlich drei der persischen Elefanten, flammend-farbige Teppiche auf den breiten Rücken, mit jeweils einem Kornak- also einem Elefantenführer - im Nacken.

„Nun, wer wagt's?", zwitscherte Julchen und ließ sich als Erste auf den Elefantenrücken hieven. Mehr oder weniger begeistert folgen die Höflinge ihrem Beispiel. Mit ihrer kreischenden Last stampften die Dickhäuter, ohne sich aus der Ruhe bringen zu lassen, durch die Palastgärten.

Nicht einmal die Möwen, die, seitdem sie keiner mehr mit dem Schießgewehr bedrohte, immer zahlreicher und frecher geworden waren, vermochten sie in ihrem würdevollen schwankenden Gang zu erschüttern.

Kleinzar Iwan, der aus luftiger Höhe mit glänzenden Augen herabschaute, schien der Ritt jedenfalls Freude zu machen.

Natürlich wurden die Rabatten platt gewalzt und ein paar Statuen umgeworfen, aber was tat's? Es geschah alles nach dem Willen der allmächtigen Julie von Mengden. Die gackerte so vergnügt vor sich hin, dass sie plötzlich den Halt verlor, aus dem Korb auf dem Elefantenrücken rutschte und nach unten fiel.

Anna Leopoldowna eilte mit einem Schreckensschrei der Verunglückten zu Hilfe, aber ein Blumenbeet hatte ihren Sturz aufgefangen. Julchen wälzte sich in Lilien und schüttelte sich vor Lachen. In dieses Gelächter fielen spontan alle mit ein, so dass eine einzige wiehernde Woge der Heiterkeit über Peterhof hinwegrollte.

10

Die abendlichen Kartenspiele, zu denen sich auch gelegentlich Edward Finch und der Marquis de la Chétardie (die diplomatischen Vertreter Großbritanniens und Frankreichs) einfanden, mussten ohne Graf Lynar auskommen: Er war nach Dresden gereist, um seinen Dienst als Botschafter Sachsens zu quittieren. Anna Leopoldowna schrieb ihm sehnsüchtige Briefe und ließ, in Abwesenheit des Geliebten, ihren Gatten ab und zu in ihr Bett.

Ich hatte ein langes Schreiben nach Tjumen geschickt, wo Elena noch immer als Nonne lebte. Eine Antwort kam nicht, aber bei der riesigen Entfernung zwischen Sibirien und Petersburg war diese ja auch kaum vor einem halben Jahr zu erwarten.

Elisabeth Petrowna hatte Prinz Ludwig Ernst definitiv ausgeschlagen. Den Bruder des Waschlappengemahls ihrer Base zum Mann zu nehmen erschien unter ihrer Würde. Ob sie sich überhaupt mit Heiratsgedanken trug, war fraglich. Vor Jahren waren Ludwig XV. von Frankreich, danach Moritz von Sachsen im Gespräch gewesen. Ludwig hatte sich mit einer Polin vermählt, und Moritz (der einst als Ehekandidat für ihre Cousine, die Zarin Anna, gehandelt worden war) war jetzt wirklich zu alt.

Nun, die flotte Elisawetta hatte ja ihren ukrainischen Kämmerer, um sie des Nachts in den Schlaf zu singen. Und quälte sie nach abendlichem Tanz- und Vergnügungstaumel die Migräne, verschrieb ihr fürsorglicher Leibarzt Armand Lestocq ihr lindernde Tropfen, damit sie weiterhin unbeschwert dem Amüsement nachgehen konnte.

Zugegeben, selbst für eine Tochter Peters des Großen wäre Prinz Ludwig keine so schlechte Partie gewesen. Für sein Alter (drei Jahre jünger als Anton Ulrich) hatte er bereits eine glanzvolle militärische Karriere hinter sich. Nachdem er mit uns gegen die Türken gekämpft hatte, war er in österreichische Dienste getreten und nach Luxemburg abkommandiert worden. Anna Leopoldowna und Anton Ulrich holten ihn nach Russland und unterbreiteten ihm ihre Heiratspläne. Um ihn begehrlicher zu machen, ernannten sie ihn zum Herzog von Kurland. Aber dort würde er sicher nicht alt werden: Wer hält es schon lange in Mitau aus?

11

„Mein Entschluss steht fest: Ich bleibe nicht in Russland", sagte Hieronymus.

Wir saßen in einem schwankenden Ruderboot auf dem Ladogasee. Die Sonne, die schon früh über Hain und Flur blitzte, hatte uns zu diesem Ausflug verführt. Kaum aber hatten wir das Seeufer erreicht, zogen dunkle Wolken auf, denen das Wasser sein schwarzes Spiegelbild zurückgab. Eine frische Brise kräuselte die Wellen.

Wir legten uns unverzagt in die Riemen, bis der Wind zu stark wurde, und ließen dann unsere Ruder sinken. Vor der gleichnamigen Stadt wuchsen die düsteren Formen der Gefängnisfestung Schlüsselburg empor. Vom See umspült, wehrten die schroffen Zinnen und Türme jedes Vordringen ab. Die russische Fahne züngelte im Wind, und blinde Kanonenschlünde lugten durch die Schießscharten, die von hier aus wie lauernde Augenschlitze aussahen.

„Nein", fuhr Hieronymus fort, „ich sehe keine Zukunft hier. Die Deutschen werden immer unbeliebter, es sind ihrer einfach zu viele."

Ich sagte: „Das war doch schon zur Zeit Peters des Großen so. Ohne die Deutschen kommen sie nicht aus. Sie haben keine Kultur, keine Geschichte, keine Erfahrung in der Staatsführung. Sie sind unfähig, sich selbst zu regieren."

Hieronymus machte ein finsteres Gesicht und starrte ins Wasser. „Früher", fuhr ich fort, „kannten sie nichts als Saufen und in die Kirche rennen. Zar Peter zwang sie, sich nach dem Westen zu orientieren – was sie höchst ungern taten. Aber auch Peter herrschte mit der Knute, und dafür beteten sie ihn an. Wenn er einen armen Teufel pfählen ließ, rief der noch, während er qualvoll verblutete: ‚Da sdraswuiet batjuschka zar - es lebe Väterchen Zar'."

Verächtlich spuckte Hieronymus seinen Tabakspriem aus. „Und in solch einem Land willst du alt werden? Ohne mich, Bruder, ohne mich!"

Die Wellen begannen sich zu bäumen, der Nachen unheilvoll zu schwanken. „Wir täten besser daran, zurückzurudern", sagte ich und griff wieder in die Riemen. Mein Kamerad folgte meinem Beispiel. Eine Weile kämpften wir so gegen die Elemente, die Inselfestung im Rücken.

Dann sagte ich: „Einen milderen Herrn als unseren Prinzen findest du aber nicht."

„Milde allein tut es nicht. Da lob ich mir seinen Bruder. Wenn der nach Deutschland zurückgeht, gehe ich mit ihm."

Ehe ich etwas sagen konnte, kam er mir zuvor: „ Egal wie, ich habe lieber einen, der einen Entschluss fassen kann. Und sich nicht von seiner Frau auf der Nase herumtanzen lässt."

„Ja, das ist bedauerlich. Aber …"

„Ja, du verteidigst ihn immer, hast ja einen Narren an ihm gefressen!"

„Nein, Kamerad, ich halte ihm nur die Treue."

„Nibelungentreue ... so nennt man das wohl. Pass nur auf, dass diese Treue dich nicht mit ihnen in den Abgrund reißt!"

Ich starrte ihn durch Schaumspritzer an. Dann flüsterte ich: „Wie meinst du das?"

„Ja, pass auf, Fritz. Es gibt Gerüchte, üble Vorzeichen."

„Welche?"

„Zum Beispiel, dass die Zarewna Elisabeth etwas im Schild führt. In ihrem Palast am Marsfeld tut sich einiges. Zum Beispiel sieht man dort nachts die Kutschen des schwedischen und des französischen Botschafters vorfahren."

„Warum auch nicht? Elisabeth ist eine sehr gesellige Person."

„Gesellig, meiner Treu!" Wieder spuckte Hieronymus geringschätzig ins Wasser. „Der trau ich nichts Gutes zu. Und sie ist beliebt bei den Gardisten, hat sie doch mit der Hälfte von ihnen geschlafen."

„Nun ja, die Männer zu betören, darauf versteht sie sich schon."

Münchhausen brummte etwas, was sich nach „Liederliches Weibsstück" anhörte. Verbissen legte er sich in die Riemen und knurrte durch die Zähne: „Mensch, rudere schon, sonst saufen wir noch ab! Hast dich wohl auch von dem Luder bezirzen lassen, wie?"

Ich musste unwillkürlich lachen. Unverdrossen dem Ufer entgegenrudernd, sagte ich: „Ach, weißt du, Elisabeth ist viel zu fett, um Komplotte zu schmieden."

12

Elisabeths Namenstag, die Erhebung ihres Möchtegern-Bräutigams Ludwig Ernst zum Herzog von Kurland, die Verlobung von Graf Lynar mit Julie von Mengden, der Hochzeitstag der Regentin und der Jahrestag der Krönung Iwans VI. waren mit viel Pomp und Gepränge gefeiert worden. Truppen paradierten auf dem Newskij-Prospekt, Kanonen donnerten, Freibier floss in Strömen, alles drängte sich, um vor den Herrschern zu katzbuckeln und dem kleinen Zaren die Patschhand zu küssen. Und da solch prachtvolles Feuerwerk den Himmel in allen Regenbogenfarben illuminierte, sah man die heraufziehenden Wolken nicht.

Anna Leopoldowna wollte ihre Krönung zur Zarin an ihrem 23. Geburtstag, dem 18. Dezember, feiern. Da die Vorbereitungen aber sehr aufwändig waren, würde die Zeit wohl nicht ausreichen.

Mittlerweile gab es immer mehr Anzeichen, dass Unheil drohte. Gerüchte mehrten sich, es stehe eine Umwälzung bevor, ein Umsturz, in den de la Chétardie, Frankreichs Botschafter, und Nolken, derjenige Schwedens, vielleicht gar die Zarewna Elisabeth verwickelt seien. Es hieß sogar, Frankreich sei bereit, den Putsch mit zwei Millionen Kronen zu unterstützen. De Botta, der österreichische Gesandte, ermahnte die Regentin, sich in Acht zu nehmen. Eine ernsthafte Warnung kam auch vom britischen Staatssekretär Lord Harrington. Als Anton Ulrich und Ostermann die Regentin drauf ansprachen, wollte sie nichts davon hören: „Das sind doch alles nur Lügen!"

Immerhin gab Ostermann Befehl, das Preobrazhenskij-Regiment, das Elisabeth ganz ergeben war, an die Front nach Finnland zu schicken. Ob die querköpfigen Grenadiere sich das gefallen lassen würden, war eine andere Sache …

Da man nichts gegen de la Chétardie selbst unternehmen konnte, ordnete Ostermann an, den Arzt Lestocq verhaften und Elisabeth auf Schritt und Schritt beobachten zu lassen.

Anna Leopoldowna hatte vor, selber ihre Cousine ins Gebet zu nehmen und sie geradeheraus zu fragen, ob sie mit Russlands Feinden im Bund sei. Am 23. November war ein Empfang im Winterpalast, einer der seltenen, die noch gegeben wurden. Alle ausländischen Diplomaten waren da, und natürlich auch die Zarewna. Wie immer sah sie blendend aus: Der stattliche Busen stach provokant aus dem Dekolleté, die runden Arme aus den mit verspielten Rüschen verzierten Ärmeln, Saphire blitzten um den molligen Hals, Perlenohrringe hoben den Schmelz der rosigen Wangen hervor.

Elisabeth schickte sich an, am Spieltisch Platz zu nehmen, als die Regentin auf sie zukam. „Matjuschka, können wir ein Wort unter vier Augen reden?"

Von allen lauernd beobachtet, gingen die beiden ins Nebenzimmer. Man sah jetzt durch die gläserne Tür, wie Anna

Leopoldowna auf ihre Cousine einredete. Die antwortete mit lebhaften Handbewegungen, dann fiel sie schluchzend der Regentin zu Füßen. Wir hielten den Atem an und sahen, wie Anna Leopoldowna Elisabeth aufrichtete und sie auf beide Backen küsste. Auch sie hatte Tränen in den Augen, als die zwei wieder zu uns zurückkamen. Elisabeth rang um Fassung, Anna Leopoldowna sagte, sicherlich erleichtert: „Es besteht kein Grund zur Besorgnis. Wir haben uns ausgesprochen, und es ist alles in Ordnung."

Man trank französischen Sekt auf das gegenseitige gute Einvernehmen, und an diesem Abend konnten wir uns alle beruhigt schlafen legen.

13

Anna Leopoldowna hatte sich mit Julie in ihre Gemächer zurückgezogen, ein paar Räume weiter machte sich Prinz Anton ebenfalls für die Nacht bereit. In seinem weißen Hemd sah er, so kam es mir vor, schrecklich einsam und verlassen vor. Umständlich rückte er den Leuchter hin und her, dann sagte er: „Ich bin ziemlich niedergeschlagen, Fritz. Willst du heut Nacht in meinem Bett schlafen?"

Wir hatten oft, im Feld oder auf Reisen, nebeneinander gelegen, da sah ich keinen Grund, ihm die Bitte abzuschlagen. Es waren anstrengende Tage gewesen, und so hörte ich bald neben mir Prinz Antons regelmäßige Schnarchtöne. Ich selbst fand keinen Schlaf, dafür ging mir zu viel im Kopf herum.

Nichts, absolut nichts störte die Stille der tief verschneiten Winternacht. Fahles Sternenlicht fiel durch die nur halb verhüllten Fenster. Ich wälzte mich hin und her, doch immer behutsam, um den Schläfer an meiner Seite nicht aufzuwecken.

Wieviel Uhr war es wohl, Mitternacht, oder noch später? Ich stöhnte, streckte meine Zehen unter der Decke hervor und betrachtete sie im Sternenschein. Dann horchte ich auf: Waren nicht draußen Geräusche zu hören?

Tatsächlich, da war etwas wie ein Schlurfen im Treppenhaus, nach ein paar Momenten glaubte ich Stimmen auszumachen, dann ein Rasseln, als schlage Metall gegeneinander, und im nächsten Augenblick verdichteten sich die Geräusche zu etwas, was sich wie Stiefelpoltern auf knarrenden Holzbohlen anhörte.

Ich schreckte hoch. Aus der Tiefe des Bettes meldete sich die schlaftrunkene Stimme des Prinzen: „Was … was ist?"

„Ich hab das Gefühl, da ist jemand", raunte ich, schlug die Decke zurück und trippelte barfüßig zur Tür. Als ich die öffnete, sah ich etwa zwanzig Soldaten auf dem Korridor – deutlich war die dunkelgrüne Uniform der Preobrazhenskij-Gardisten zu erkennen. In ihrer Mitte ein kleiner, dicker Mann, ebenfalls in Uniform. Das Hosenfutter umspannte dralle Schenkel, die Jackenknöpfe, über die ein silbernes Kreuz und der Orden der heiligen Katharina baumelten, eine unmännlich volle Brust. Laternenschein fiel auf das Gesicht des Uniformierten: Elisabeth Petrowna.

Weder die Zarewna noch ihre Begleiter würdigten mich eines Blicks. Ich taumelte ins Zimmer zurück und fuhr den Prinzen an: „Schnell, ziehen Sie sich an!"

„Wie?", murmelte er.

„Um Christi willen, zieh dich an, Anton Ulrich!"

Während er immer noch benommen im Bett lag, fuhr ich in meine Hosen und eilte den Soldaten nach, die in der Zwischenzeit in die Schlafräume der Regentin vorgedrungen waren.

14

Was jetzt geschah, das werde ich bis ans Ende meiner Tage nicht vergessen, so messerscharf hat sich jedes Detail in mein Hirn geschnitten.

Elisabeth beugte sich über das Bett, fasste Anna Leopoldowna an der Hand und sagte mit ruhiger Stimme: „Los, Schwesterchen, es ist Zeit aufzustehen."

Noch halb im Schlaf, schaute die Regentin nichtverstehend hoch, dann stöhnte sie: „Ach, es ist aus mit uns."

Julchen brach in verzweifeltes Schluchzen aus. Elisabeth beachtete sie nicht. Sie war bereits auf dem Weg in die Nebengemächer. Anna Leopoldowna schrie ihr nach: „Tu meinen Kindern nichts! Und lass mir das Julchen!"

„Sei unbesorgt", sagte Elisabeth. Gefolgt von ihren Helfershelfern – ich erkannte ihren Liebhaber Schuwalow, Lestocq, Hauptmann Grünstein – betrat sie das Schlafzimmer der Zarenkinder.

Wenig später hörte man jämmerliches Geschrei. Ich kämpfte mich durch die Soldaten, die mich knurrend passieren ließen, und stolperte ins Zimmer. Einer der Männer hatte, als er sie aus ihrer Wiege nahm, die drei Monate alte Katharina zu Boden fallen lassen. Ihre Amme hob sie auf und versuchte sie zu beruhigen.

Elisabeth stand in der Mitte des Raumes und hielt den kleinen Iwan in ihren Armen. Sie schaute das Kind an und sagte: „Armes Jungchen, du kannst nichts dafür." Dann überließ sie ihn seiner Kinderfrau Anna Juschkowa.

Die Kinder wurden hinausgetragen. Katharina schrie immer noch zum Herzerweichen, der kleine Zar – der keiner mehr war – blickte seelenruhig aus runden Augen um sich. Ich fühlte mich von groben Armen gepackt. „Los, weiter!"

„Wohin?"

„Wirst du schon sehen. Jetzt spute dich mal, Deutscher!"

Wir kamen an Anton Ulrichs Zimmer vorbei. Immer noch im Nachthemd, protestierte er laut, während man ihn hinausführte. Irgendjemand hatte die Bettdecke über seine Schultern geworfen. An der Treppe angekommen, sah er, dass Widerstand zwecklos war. Er schauderte, sah sich einen Augenblick hilflos um und wankte die Stufen hinab.

„So erlaubt ihm doch wenigstens, sich anzuziehen!", rief ich (sekundenlang schoss mir die Erinnerung an Birons Verhaftung durch den Kopf), schnappte mir seine Hosen und seinen Rock und wankte dann selbst die Treppe hinab, halb gezerrt, halb gestoβen.

Im tiefen Schnee vor dem Eingang standen zwei schwarze, geschlossene, zweispännige Schlitten, um die sich neugierig gaffende Menschen geschart hatten. Die Nacht war von Lärm erfüllt: Ganz Petersburg schien auf den Beinen zu sein.

Man schubste mich in den ersten Schlitten. Dort waren bereits Anna Leopoldowna, einen Pelz um die Schultern, die immer noch schluchzende Julie und ihre Schwester Bina, der in Schlaf gesunkene Iwan und die wimmernde Katharina mit ihren Kinderfrauen und, nicht zuletzt, Anton Ulrich, der sich umständlich seine Hosen überzog.

Ein letzter Blick zum Winterpalast. Hinter den hell erleuchteten Fenstern des ersten Stockes sah man uniformierte Gestalten, die durchdringende Hochrufe auf Ihre Kaiserliche Majestät die Zarin Elisabeth Petrowna ausstieβen.

Dann krachte der Schlag zu, und wir jagten in die Nacht hinaus.

Dritter Teil

1

Als wir erfuhren, dass unser Reiseziel Mitau war, atmeten wir auf. Mitau lag an der Schnittstelle der russischen und der deutschen Welt, der herzogliche Palast war recht komfortabel, und außerdem war er die Residenz von Anton Ulrichs Bruder.

Wir fuhren Tag und Nacht. Für die Frauen und vor allem die Kinder war das sehr ermüdend. Noch immer wimmerte Katharina, bevor sie in einen totenähnlichen Schlaf fiel. Hatte sie bei dem Fall auf den Boden eine innere Verletzung davongetragen? Sobald wir dazu eine Gelegenheit hätten, würden wir sie von einem Arzt untersuchen lassen.

Behaglich war die Fahrt in den hermetisch verschlossenen Schlitten nicht. Münchhausens legendäre Erzählkunst hätte uns die Zeit ein bisschen vertrieben. Aber der war nicht hier, und Jakobinas Aneinanderreihung der Ruhmestaten des baltischen Adels waren kein Ersatz dafür.

Erst in Narwa durften wir uns eine Woche von den Strapazen erholen. In der ungemütlichen und halb verfallenen Festung Iwangorod erwarteten uns zwei Nachrichten der neuen Herrscherin.

Erstens sollte Anna Leopoldowna verraten, wo sie ihre Juwelen versteckt hatte, sonst würde man „Julka einem scharfen Verhör unterziehen" – sprich foltern. Der zweite

Befehl war, dass Anna der Zarin als ihre „treue und ergebene Untertanin" den Treueeid für sich und ihre Familie ablegen musste.

Anna Leopoldowna tat, wie ihr geheißen. War sie früher schon nicht sehr energisch, so schien sie jetzt jede Willenskraft verlassen zu haben. Anton Ulrich vertraute mir an, sie habe in der Himmelfahrtskathedrale von Iwangorod das Gelöbnis getan, Elisabeth Petrowna in allem zu willfahren, in der Hoffnung, dass dies sie mild stimmen könnte und sie uns nicht noch Schlimmeres antun würde.

Zeit zu hoffen oder träumen blieb uns nicht lange, da wir weiter mussten. Mühsam und beschwerlich arbeitete sich unser Konvoi durch die verschneiten Ebenen Livlands. Während der kurzen Halte - die Schneegebirge waren so hoch, dass sich nicht einmal die Juschkowa mit dem kleinen Iwan hinauswagen konnte - stierten wir trübselig ins endlose Weiß, aus dem nur sporadisch ein Baum oder ein Kirchturm ragte, oder in den Dampf der Suppe, die uns ein barmherziges Mütterchen reichte.

Beklemmung machte sich breit, als wir nicht den Weg nach Mitau einschlugen, sondern in der Zitadelle von Riga festsaßen. Da uns niemand informierte, wussten wir nicht, wie lange man uns hier zurückzuhalten gedachte. Zwar bot das weitläufige Gebäude ausreichend Platz für uns und unser Gefolge, und für die Familie hatte man einige Räume der Kommandantur hastig hergerichtet, um sie nicht allzu dürftig erscheinen zu lassen. Dennoch, dieses Logis war alles andere als komfortabel.

Von den eleganten Geschäftsstraßen und Grünanlagen der livländischen Hauptstadt mit ihrem Menschengewoge waren wir natürlich ausgeschlossen. In unsere Abgeschiedenheit drangen kaum Nachrichten (von Zeitungen ganz zu schweigen), doch über unsere Dienerschaft oder die Festungsgarnison schnappten wir von Zeit zu Zeit etwas von dem auf, was in der Außenwelt vor sich ging.

Elisabeth hatte ihren Neffen und präsumtiven Nachfolger Karl Peter von Holstein aus Deutschland herbeigeordert. Über den mittlerweile Vierzehnjährigen und gesundheitlich nicht sehr Stabilen gingen die Meinungen auseinander: Einige sagten, er sei ein noch größerer Kretin als Iwan V., andere meinten, in der für ihn völlig fremden Umgebung verstecke er seine gar nicht so unscheinbaren Vorzüge bewusst unter einem täppischen und verklemmten Wesen. Auf jeden Fall, so äußerte sich Anna Leopoldowna, die aus eigener Erfahrung sprach, war der junge Mann nicht zu beneiden.

Auf dem Weg nach Riga kreuzten wir eine herrschaftliche Kalesche, die sich offensichtlich beeilte, an unserem makabren Zug vorbeizukommen. Erst später verriet uns jemand, dass in der Kutsche die vierzehnjährige Sofie von Anhalt-Zerbst saß, die mit ihrer Mutter nach Sankt Petersburg fuhr, um den Thronfolger zu heiraten.

Wie auch immer, mit dem kümmerlichen Neffen an ihrer Seite setzte sich Elisabeth im Kreml die Zarenkrone auf. Danach besuchte sie ein Kloster nach dem anderen und machte die Parteigänger des alten Regimes unschädlich. Ostermann und Münnich wurden zuerst zum Tode verurteilt, dann nach einer theatralischen Scheinhinrichtung, bei der sie erst auf dem Schafott von ihrer Begnadigung erfuhren, nach Sibirien verbannt.

Im Gegenzug durften die unter Anna Iwanowna Deportierten aus dem Exil zurückkehren, darunter, wie es schien, auch die Dolgorukijs. Und wenn meine Elena ihre Freiheit zurückbekommen hatte, wer weiß, vielleicht hatte die Thronräuberin dann doch eine menschliche Seite und würde auch uns Gnade erweisen?

2

Nach ein paar Monaten in Riga brachte man uns, nach wie vor ohne ein Wort der Erklärung, in die Feste Dünamünde, eine militärische Trutzburg, die ein paar Meilen hinter Riga, dort, wo die westliche Düna in die Ostsee fließt, in ihrer ganzen scheußlichen Wucht emporragt.

Es ist ein gewaltiger Komplex, noch verschachtelter und noch düsterer als Iwangorod. Anna Leopoldowna und die Mengden-Schwestern kümmern sich um die Kinder und nähen ellenweise Wandbehänge, um die Kahlheit der Mauern zu mildern. Auch Tischdecken und liturgische Gewänder entstehen unter den emsigen Frauenfingern. Bisweilen singt Bina eine Arie von Graun oder Telemann, aber, ehrlich gesagt, ich habe es lieber, wenn sie bei ihrer Nähnadel bleibt.

Prinz Anton Ulrich, der tagsüber in einem armseligen Holzschuppen hausen muss, geht abends seiner neuen Liebhaberei nach. Vom höchsten Turm der Festung guckt er stundenlang in die Sterne – vielleicht, um aus ihnen ein günstiges Omen für unsere Zukunft herauszulesen. Tagsüber brütet er über seinen Büchern und seinem Violoncello. Selten ranken die Akkorde und Arpeggien zuversichtlich. Die Kunde, dass man seinen Bruder Ludwig gezwungen hat, sich wie ein Dieb in der Nacht aus dem russischen Reich fortzuschleichen, hat ihm schon einen Dämpfer verpasst. Er hofft aber noch immer, dass die Verbindungen des Hauses Braunschweig sich zu unseren Gunsten auswirken werden. Nicht nur ist Elisabeth Christine Königin von Preußen, jetzt hat auch noch seine jüngere Schwester Luise Amalie August Wilhelm, den Bruder Friedrichs II., geheiratet, und, da der (aus gutem Grund), keine Kinder hat, gilt August Wilhelm als Thronfolger. Gute Beziehungen hat der Preußenkönig überdies mit Anton Ulrichs Brüdern Karl (dem regierenden Herzog von Braunschweig), dessen Frau Philippine Charlotte eine Schwester Friedrichs II. ist, und Ferdinand, der in der preußischen Armee dient. Bei so vielen einflussreichen Fürsprechern, sollte man meinen, müsste doch wenigstens einer sich für unsere Freilassung einsetzen …

Kaum aber ist Anna Leopoldowna von der Geburt ihrer zweiten Tochter genesen (um das Ungetüm in Petersburg sanft zu stimmen, gab man ihr den Taufnamen Elisabeth), da erreichen uns Besorgnis erregende Nachrichten. Man hat versucht, Elisabeth zu stürzen und Iwan VI. wieder in seine Rechte als legitimer Herrscher einzusetzen.

Verschwörung, Putsch, Staatsstreich: In und um Dünamünde spricht man von nichts anderem. Hans Becker, Antons Leibdiener, der manchmal in den Ort darf, um für uns Besorgungen zu machen, tischt uns genussvoll die Einzelheiten auf.

Verstrickt in das Komplott waren Botta d'Adorno, der österreichische Gesandte in Petersburg, sowie hauptsächlich die Adelsfamilien Bestuzhew und Lopuchin. Den Botschafter schob man ab, mit den Russen wurde krasser verfahren. Natalja Lopuchhina war der Zarin schon lange ein Dorn in Auge, da diese sie bei Hofe zu übertrumpfen pflegte, besonders bei Tanzvergnügen, wo Elisabeth in einer ihrer 15.000 Roben oder in Kosakenhosen paradierte: Sie erlabt sich an diesem Wechsel der Geschlechterrollen, manchmal müssen alle Männer sogar Frauenkleidung und die Frauen Männerkleider anziehen.

Elisabeth hatte angeordnet, dass keine Dame Rosa, ihre Lieblingsfarbe, tragen dürfe. Nun wagte es die Lopuchina, bei einem Ball mit einer Rose im Haar zu erscheinen. Wutentbrannt zwang die Zarin sie, niederzuknien, riss ihr die Rose aus dem Haar und ohrfeigte sie, bis sie bewusstlos niedersank.

Einen weiteren Anlass, gegen die Lopuchins vorzugehen, lieferte Nataljas Sohn Iwan, der in einer Kneipe, wo er zu tief ins Glas geguckt hatte, sich über Elisabeths Vorliebe für deutsches Bier und ihre niedrige Herkunft – sie war vor der Heirat der ehemaligen Bäuerin Katharina mit Peter dem Großen zur Welt gekommen – lustig machte.

Die Lopuchins und die Bestuzhews wurden gnadenlos mit der Knute und glühenden Kohlen gefoltert, ebenso ihre angebliche Mitverschwörerin, die schwangere Gräfin Lilienfeld: Die Zarin fand, dass man keinen Grund habe, „solches Gesindel und seine Nachkommenschaft zu schonen".

Bei ihrem Herrschaftsantritt hatte die Kaiserin gelobt, sie würde keinen ihrer Untertanen hinrichten lassen. Von Tortur und Verstümmelungen war keine Rede gewesen. Also peitschte man Natalja Lopuchina und Anna Bestuzhewa ohne Erbarmen und riss ihnen die Zungen aus. Dann warf man sie in einen Karren und verschickte sie nach Sibirien. Alle des Verrats und der Verschwörung Angeklagten erlitten ein ähnliches Schicksal.

Für uns hat das fatale Folgen gehabt. Hysterisch sucht Elisabeth uns weit vom Hof zu bringen, unerreichbar für jeden, der uns wohlgesinnt sein könnte.

Mitten im Winter müssen wir Dünamünde verlassen. Mit Sack und Pack, mit unseren Dienern und unseren wenigen Habseligkeiten, mit einem verschnupften früheren Zaren, einer tauben Prinzessin (Katharinas Unfall hat ernste Folgen gehabt) und einer wenige Wochen alten Neugeborenen. Die Fahrt durch tief verschneite Landschaften geht in südöstlicher Richtung, wohin, wissen wir nicht.

Nach einem Monat erreichen wir Oranienburg, das die Russen Ranenburg nennen und wo wir bleiben dürfen.

Oranienburg geht auf eine hölzerne Festung zurück, die Peter I. für seine Reisen zwischen Sankt Petersburg und Voronezh an der Jagodnaja Rjassa errichten ließ. Für Alexander Menschikow war es die erste Station auf seinem Weg ins sibirische Exil. Er baute das Holzgebäude zu einem steinernen Haus aus, in das wir jetzt einziehen.

Etwas wie verblichene Größe geistert in den feuchten Mauern. Es gibt Vorhänge an den Fenstern, Teppiche auf den Fußböden, niederländische Truhen und französische

Sessel. Für Prinz Anton ist Menschikows Bibliothek ein Glücksfall, für Julie von Mengden das Spinett, auf dem sie die Arien ihrer Schwester begleiten kann.

Anna Leopoldowna geht auf die Terrasse (weiter darf sie nicht), setzt sich in einen Schaukelstuhl und nimmt ihre Kinder auf den Schoß. Von hier aus sieht sie die Rjassa, in der sich die goldenen Kuppeln des Peter- und Paulklosters spiegeln. Manchmal gehe ich mit Iwan und Katharina zum Fluss, wo die beiden Schiffchen treiben lassen können. Mit ihnen zieht unsere Sehnsucht hinaus, zum Voronezh, zum Don. Egal wohin, wenn es nur freie Erde ist.

Im tröstlichen Gedanken, dass es uns den Umständen entsprechend doch gar nicht so schlecht geht, haben wir uns in Ranenburg häuslich eingerichtet. Dann, im Januar 1745, sehen wir, dass erneut verhangene Schlitten vor dem Haus stehen. In dem barschen Ton, dessen er sich zu bedienen pflegt, teilt uns General Saltykow mit, dass wir uns zur Abreise bereit machen sollen.

Abreise, wohin? Saltykow zuckt die Achseln und fährt die Knechte an, sich mit dem Ankoppeln der Pferde zu beeilen. Die Braunschweiger - Anna Leopoldowna im Umstandskleid, da sie wieder schwanger ist - schicken sich an, in den ersten Schlitten zu steigen. Dann durchzuckt die Prinzessin (den Titel „Großfürstin" hat man ihr genommen) ein Gedanke: „Wo ist Iwan?"

Iwan, so scheint es, soll getrennt von uns in einem eigenen Schlitten reisen. Eine Maßnahme, die keiner begreift, die man uns aber nicht erklärt.

„Wer soll sich denn um ihn kümmern?", schluchzt Anna Leopoldowna. „Er ist doch kaum vier Jahre alt!"

„Wir kümmern uns um ihn", brummt der Kammerherr Korf, der für den Konvoi verantwortlich ist. „Wenn ich Sie jetzt bitten darf, einzusteigen …"

Hastig und unter Tränen steckt Anna Leopoldowna ihrem Sohn noch seine Lieblingsstofftiere zu, und sein Vater hüllt einen Pelz um ihn. Der Kleine schaut aus verwirrten großen blauen Augen zu uns hoch. Niemand von uns ahnt, dass es das letzte Mal ist, dass wir in diese unschuldigen blauen Augen blicken.

Es ist nicht der einzige Schlag, der die Braunschweiger trifft. Bina von Mengden darf mit uns, Julchen muss in Ranenburg bleiben.

Warum? Auch auf diese Frage erhalten wir keine Antwort. „Befehl Ihrer Kaiserlichen Majestät", knurrt Korf und schlägt die Schlittentür vor der aufgelösten Julie zu, die vergeblich die Arme nach uns ausstreckt.

„Sie hatte es uns doch versprochen", schluchzt Anna Leopoldowna. Auch dem Prinzen strömen die Tränen über die Backen. Ein Versprechen mehr oder weniger … Niedergeschmettert, aber ohnmächtig, zu helfen, nehmen, während der Schlitten unbeholfen in die Schneewüste schwankt, Bina, die Kinderfrauen und ich am Schmerz der Eltern teil.

Solowetskij, Eiswüste im Weißen Meer, Vorbote der Arktis, von Nebel umwallt und nur fünf Monate im Jahr vom Tageslicht beschienen! Frostige Insel im Nirgendwo, in deren Abgeschiedenheit man nur die schlimmsten Verbrecher schickt! Und jetzt sollen wir dorthin?

Unsere Verzweiflung ist total, wir sind buchstäblich am Ende. Die Petersburger Tyrannin kennt jedoch kein Erbarmen. Durch Eis und Schnee zerrt man uns, an den Schlössern vorbei, in denen die kaiserliche Venus sich mit ihrem Hof vergnügt, am Rande des Ladogasees, den die finstere Masse von Schlüsselburg überragt, entlang seines Nachbarn, des meilenweit zugefrorenen, nicht weniger düsteren Onegasees.

Wir sind seelisch und körperlich gebrochen, doch man treibt uns mitleidlos weiter. Zuerst übernachten wir in Klöstern, dann auf Adelsgütern, dann in Bürgerhäusern und Poststationen, zuletzt in Bauernkaten. Unsere unfreiwilligen Gastgeber bedauern uns, aber mehr als ein paar Dankesworte dürfen wir nicht mit ihnen wechseln.

Unsere Bewacher sind zuletzt beinahe so verzweifelt wie wir. Ihr Auftrag hat nichts Menschliches mehr: kein Weg und keine Straße, nicht einmal Schlittenspuren, nur eisige Einöde, Schnee ohne Grenze, ohne Ende.

Hinter Schenkursk steht fest: Es gibt kein Weiterkommen. Unsere Gefangenwärter und Leidensgenossen haben anscheinend desperate Eilbotschaften nach Petersburg geschickt. Nach anderthalbmonatiger Irrfahrt erreicht uns die ungehaltene, aber entschiedene Anweisung der Herrsche-rin: In Cholmogory, einer Kleinstadt an der oberen nördli-chen Dwina, dürfen wir bleiben. Für wie lange, wird nicht gesagt.

4

Als wir in Cholmogory ankommen, liegt alles unter einer weißen Kruste begraben: das Haus, der Garten mit seinem als solchem nicht erkennbarem Weiher, die Dwina, die von Inseln und Eisschollen im ihrem Lauf behindert wird.

Es sind noch siebzig Werst bis Archangelsk und dem Weißen Meer, so dass man Seeluft zu riechen meint: Es sind aber nur die eisigen Nebelschwaden, die auf dem Fluss trei-ben.

Da das Anwesen von einem hohen Zaun umfriedet ist, sieht man die Dwina nur von der oberen Etage. Das Haus, das früher der Erzbischof bewohnte, ist geräumig, stößt an eine Maria-Himmelfahrts-Kirche und umfasst in zwei abge-trennten Gebäuden zwanzig Räume. Ein halbes Dutzend davon teilen sich die 36 Soldaten mit ihren Familien und ihren Offizieren, in den übrigen lassen wir uns mit unserem Gefolge nieder.

Elisabeth, die jetzt ein Jahr alt ist, beginnt wie die Natur mit dem Frühling aufzublühen. Sie ist ein fröhliches Kind, das gerne lacht. Mit ihrer Schwester Katharina müssen wir uns an Hand einer rudimentären Zeichensprache verständi-gen, denn sie ist taub geblieben. Im Gegensatz zu ihrer Schwester kränkelt sie oft und ist in ihrer Entwicklung zu-rückzugeblieben, so dass man den Eindruck hat, ihr Unfall hat nicht nur Folgen für ihren Körper, sondern auch für ihren Geist gehabt.

Am 19. März 1745 bringt Anna Leopoldowna ihr drittes Kind, Pjotr, zu Welt. Er weint viel. Hilflos zucken seine mageren Ärmchen und die kleinen Beine, die sich unterhalb der Knie eigentümlich einwärts krümmen. Aber angesichts der Umstände, unter denen seine Mutter ihn ausgetragen hat, wäre es verwunderlich, wenn er ein normales, gesundes Kind wäre.

Anna Leopoldowna darf sich jetzt auf die Terrasse setzen, geht aber nie in den Garten. Oft gesellt sich Anton Ulrich zu ihr, blinzelt in die Sonne, streckt seine Beine aus und lässt die Mädchen auf seinen Knien reiten. Seit sie ein gemeinsames Leid teilen müssen, ist die Vertrautheit zwischen den Gatten gewachsen. Keine Spur von früheren feindseligen Gefühlen, der Ton ist gemäßigt, wenngleich von Anna Leopoldownas Seite immer sehr entschieden. Keinen erstaunt es, als sie kurz nach Pjotrs Geburt bekannt gibt, dass sie wieder gesegneten Leibes ist.

Und die Mächtigen des Reiches, haben sie uns in unserem Eismeerexil vergessen? Der Waffengang mit Schweden ist vorbei, der Kampf mit den inneren Feinden nicht. Nach wie vor arbeiten die Folterkammern der geheimen Kanzlei auf Hochtouren. Tagtäglich, so vernimmt man, treten Hunderte unglücklicher Menschen den Weg nach Sibirien an.

Elisabeth Petrowna hat ihren Neffen, dem alles Russische zuwider ist, mit der deutschen Prinzessin Sofie von Anhalt-Zerbst vermählt, die in ihrem Bemühen, es der strengen Schwiegertante recht zu machen, alles tut, um sich Sprache und Sitten ihrer neuen Heimat anzueignen. Da die Zarin ihre Nachfolge gesichert hat, hätte sie es eigentlich nicht nötig, so unermüdlich gegen uns zu rasen. Was kann ihr eine kränkelnde und demoralisierte Rivalin mit einem willenlosen Ehemann und vier Kindern antun, von denen eins ein gutmütiges Pummelchen, eins eine lallende Gehörlose und eins ein schwächlicher und verwachsener Säugling ist? Kann da noch von Bedrohung die Rede sein?

Allerdings, was aus Iwan geworden ist, wissen wir nicht.

Unsere Wächter schweigen sich aus. Wir wissen nur, dass der Kleine vor einem halben Jahr mit Major Müller, Elisabeths Sonderbeauftragtem, Ranenburg verlassen hat, und seitdem fehlt jede Spur von ihm.

Dann jedoch fällt es mir wie Schuppen von den Augen.

Wir dürfen ja nach acht Uhr abends das Haus nicht verlassen, ein Verbot, dass im Winter erklärbar war, jetzt aber, in der guten Jahreszeit, befremdet. Mir lässt das keine Ruhe. Wenn die Braunschweiger sich mit ihren Kindern in ihre Gemächer zurückgezogen haben, die nach hinten liegen, stehe ich lange am Fenster meines auf den Garten schauenden Schlafzimmers. Sobald es zu dunkeln beginnt, sehe ich dann drei Personen aus dem Haus kommen. Ein Uniformierter mit einer Laterne und ein stämmiger Mann, in dem ich Major Müller erkenne. Er hält eine kleine Gestalt an der Hand, die ein Zwerg, aber auch ein Kind sein könnte.

Die drei gehen im Garten auf und ab, bevor sie etwa nach einer Stunde wieder ins Haus zurückkommen. Manchmal glaube ich auch einen Hund bellen zu hören, wenn eine dunkle Form hurtig zwischen den Büschen wuselt.

Die Männer scheinen ihren kleinen Begleiter ständig zu-rückzuhalten, jedenfalls darf er sich nicht frei im Garten be-wegen. Man hört dann etwas wie einen leisen Protest, ehe Müller den Kleinen zur Ruhe ermahnt.

Ich halte den Atem an und öffne das Fenster. Meine Kerze habe ich gelöscht, und so, vorsichtig hinter dem Vorhang bleibend, spähe ich angestrengt in die Dunkelheit hinaus.

Die drei sind wieder im Haus verschwunden, aber ich bin mir sicher: In dem kindlichen Plappern habe ich deutlich die Stimme Iwans wiedererkannt.

5

Anton Ulrich und seiner Frau konnte ich es nicht sagen: Dass ihr Sohn in ihrer unmittelbarer Nähe gefangen gehal-ten wurde, ohne dass sie mit ihm in Berührung kommen durften, hätte ihnen das Herz gebrochen.

So musste ich mich damit begnügen, weiterhin wachsam zu bleiben. Es stimmte, dass man Major Müller tagsüber kaum zu Gesicht bekam, und einer der Hunde, die sich die Soldaten hielten, wahrscheinlich der kleine Spitz, mochte jetzt Iwans einziger Spielgefährte sein. Möglich war, dass der Junge tagsüber in dem Trakt, der hinter dem Quartier der Offiziere lag, eingesperrt war. Darauf schien jedenfalls hinzuweisen, dass die Schüsseln, die zu den Essenszeiten aus der Küche getragen wurden, in diese Richtung gingen.

Da mich der kaiserliche Bannstrahl nicht offiziell getrof-fen hatte, war ich einer der Wenigen, die ins Dorf durften.

Zuweilen begleitete mich Bina, die ebenfalls nicht unter strenger Bewachung stand. Aber ihr gedankenloses Schnattern ging mir auf die Nerven, und so war ich froh, wenn sie auf dem Anwesen blieb, wo sie mit den Soldaten schäkern konnte. Wenn diese nicht gerade in der Stadt waren, um zu saufen, randalieren oder Mädchen zu belästigen, waren sie einem kleinen Techtelmechtel mit der hübschen Mengden durchaus nicht abgeneigt. An Temperament mangelte es dieser jedenfalls nicht: Mal forderte sie die Wachmannschaft durch aufreizendes Verhalten heraus, mal ging sie mit dem Messer auf sie los.

Neben einer Vielzahl von Graugänsen zählt Cholmogory etwa tausend Einwohner. Sie fischen, dörren Dorsch, bauen Schiffe, handeln mit Pelzen, schnitzen Nützliches oder Dekoratives aus Holz und Walknochen. Auch im Sommer weht ein kühler Wind, der den Staub der Lehmstraßen aufwirbelt. Unter diesem Wind ducken sich die Läden, Kneipen und Kirchen, die den Ort ausmachen. Was für die Bewohner von Belang ist, spielt sich meistens im Innern ab. Auf groben Spelunkentischen kreisen Kwass und Wodka, und auf dem Markt herrscht buntes Treiben. Hier findet man Honig, Pelze, frisches Gemüse, Kirschen aus dem Süden. Es kann auch sein, dass ich eine Schrift in altertümlichem Kirchenslawisch aufstöbere, die ich dann wie einen kostbaren Schatz nach Hause trage.

Heute fesseln mich die Schnitzereien, die auf einem Tisch unter einer zerlöcherten Plane ausgebreitet sind. Eine junge Frau verkauft sie, die mindestens so adrett wie ihre Ware aussieht. Sie hat frische rote Lippen, unternehmenslustige braune Augen und ein Kinn, das sie keck hervorstreckt. Vor allem aber weizenblonde Zöpfe, die mich an die Blankenburger Mädchen erinnern.

Ich nehme eine Figur in Form eines Bären in die Hand. „Was ist das, Elfenbein?"

„Walrosszahn", sagt die blond Bezopfte.

„Und wer macht das?"

„Mein Mann, der Boris."

„Ein glücklicher Mann", sage ich, „der so schön schnitzen kann. – Und so eine hübsche Frau hat."

Das Kompliment bringt sie nicht aus der Fassung, vielmehr scheint sie geradezu darauf gewartet zu haben.

Ich wiege immer noch die Figur in den Händen. „Was soll das kosten?"

„Zwölf Rubel. Nein, sagen wir zehn." Sie nimmt, um ihn einzuwickeln, mir den Bären ab, wobei sich unsere Finger berühren. Während ich ihre runden weichen Hände bewundere, fügt sie hinzu: „Weil Sie so ein feiner Kavalier sind."

Ich stehe unschlüssig, dann ziehe ich meine Geldbörse hervor und gebe ihr die zehn Rubel, die sie ohne viel Federlesen einsteckt. Ich zögere. Sie sagt: „Wenn die Schnitzereien Sie interessieren, kommen Sie doch heut Nachmittag bei uns in der unteren Fliedergasse vorbei. Wir haben dort noch viel mehr Auswahl."

„In der Fliedergasse …"

„Ja, so gegen drei."

„Ist der Boris dann auch da?"

„Nein, der geht jeden Mittwoch nach Mischanskaja, um Walrosszähne zu kaufen."

6

Ich wäre ein Idiot, wenn ich den Wink nicht verstanden hätte. Punkt drei bin ich in der Fliedergasse, einem unebenen Schotterweg, der hinter der Verklärungskathedrale abfällt. Das Häuschen des Schnitzers ist peinlich sauber, im Gegensatz zu unserer chaotischen Behausung. Eine schneeweiße Katze döst auf der Ofenbank, auf dem lackierten Eichentisch glänzt frisch poliertes Zinn, und vor den Fenstern mit der reichen Holzverzierung hängen Spitzengardinen mit Tier- und Pflanzenmotiven.

„Darf ich Ihnen einen Tee machen?", fragt mich die junge Frau, die Galina heißt.

„Nun ..."

„Oder wäre dir ein Wodka lieber? Ach, steh nicht herum, setz dich!"

Wir genießen den Wodka, den sie in winzige Porzellanschälchen geschüttet hat. Ich schaue in ihre unternehmungslustigen braunen Augen, dann auf ihren Busen, den ein Spitzenausschnitt großzügig freigibt.

„Du bist Deutscher?", fragt Galina.

„Hört man wohl an dem Akzent. Ich hab immer noch Schwierigkeiten mit dem Russischen."

„Ach, das machst du ganz gut. Hab schon Schlimmeres gehört."

„Ich bin auch schon über zehn Jahre im Land."

„Wirklich? Du bist bei den Leuten, die im Kloster wohnen, nicht wahr?"

„Ja."

„Sind wohl sehr feine Leute."

„Wie man's nimmt."

„Noch einen Wodka?"

„Nein, lieber nicht."

„Ach, ein Kerl wie du verträgt das schon." Sie schenkt nach. „Bis du Soldat?"

„Ich war es. Die Uniform dürfte ich eigentlich nicht tragen, da ich nicht mehr in der Armee bin. Aber um der alten Zeiten willen ..."

„Richtig. Steht dir auch gut."

„Ich war Flügeladjutant bei ... bei dem Herrn, der jetzt im Haus des Priesters wohnt."

„Ach so." Übermäßige Neugier scheint sie nicht zu plagen. „Mach es dir ruhig bequem. Und wenn du deine Stiefel ausziehen willst ..."

Meiner Fußbekleidung entledigt, mache ich ein paar Erkundungsschritte in die Stube hinein. Die Bohlen knarren, und ich geniere mich, weil ich ein Loch im Strumpf habe. Sie lächelt hinterhältig. „Verheiratet scheinst du nicht zu sein."

„Nein."

„Und du langweilst dich nicht, da draußen in der Einöde?"

„Ach, es gibt immer etwas zu tun."

„Stimmt. Drum sind wir eben auf Erden."

Ich trete zum Fenster und schaue durch Spitzensonnen-
blumen auf die Dwina, die man hier viel deutlicher sieht als
von unserem Haus aus.

Galina sitzt auf der Ofenbank und streichelt ihre Katze.

Ich wende mich um. „Schön, die Gardinen."

„Hab ich selbst gemacht."

„Wirklich? Du hast viele Talente, Galina."

Sie steht auf. „Hinten habe ich noch mehr von meinen
Gardinen."

„Wo?"

„Nun, hinten. Willst du sie sehen?"

Hinten ist das eheliche Schlafzimmer. Hier verbringen
wir den Rest des Nachmittags.

Den Grund meines Besuchs, den Walrosszahn, habe ich
ganz vergessen.

7

Den ersten Sommer in ihrer neuen Umgebung haben die
Kinder erstaunlich gut verbracht. Sie sehen ja so vieles, das

sie bisher nicht gekannt haben. Besonderes Vergnügen bereitet ihnen der Weiher, der ja eigentlich ein Tümpel ist und um den sich Enten, Gänse und Hühner tummeln. Der Garten bietet Narzissen, Primeln, Pfingstrosen und sogar Flieder. In der östlichen Ecke vor der Kirche bauen wir Gemüse an. Im Herbst beschneiden wir die Bäume, dann hacken wir Holz für den Winter.

Der Winter kommt, und mit ihm die Dunkelheit. Die endlosen Abende bringen wir mit Kartenspielen herum, und Bina singt uns ganze Händel- und Hasse-Opern vor. Meinen Beobachtungsposten oben am Fenster gebe ich natürlich nicht auf. Sobald es Nacht wird, stehe ich da und lauere auf die drei Gestalten im Garten, das Flackern der Laterne, das Hündchen, das durch die Beete wuselt. Und auf die helle Knabenstimme, die mir einen Stich durchs Herz versetzt.

Prinz Anton spielt unermüdlich Cello, und Anna Leopoldowna verbringt die letzten Wochen ihrer Schwangerschaft – die auch die letzten ihres Lebens sind – damit, mechanisch wie ein Automat zu nähen und zu sticken. Ein brüchiges Fichu hängt um ihren fleischlosen Hals, ein weit geschnittenes, goldfarbenes Samtkleid – Abglanz früherer Herrlichkeit – um ihren Körper, der, bis auf den Unterleib, von erschreckender Magerkeit ist. Mit sechsundzwanzig Jahren ist Anna von Braunschweig-Mecklenburg eine alte Frau, die nichts mehr vom Leben erwartet.

Was mag in dem Greisinnenkopf vorgehen, den eine hässliche lettische Haube mit flügelartig abstehenden Zipfeln einzwängt? Anna Leopoldowna lässt das Garn durch ihre filigranen Finger gleiten und schenkt mir einen müden

Blick. „Was meinen Sie, Fritz, habe ich alles falsch gemacht in meinem Leben?"

„Hoheit, das dürfen Sie nicht denken. Das Schicksal verfährt anders mit uns, als wir wollen. Dagegen können wir nichts tun."

„Eh bien, soit. Dann, hoffe ich, wird die Nachwelt vielleicht nicht allzu hart über mich urteilen."

Ich flüstere: „Das wird sie nicht, auf keinen Fall."

Anna Leopoldowna näht weiter, mechanisch, wie besessen. Zwei Monate später ist sie tot. Die Entbindung ist schwer, und sie verliert viel Blut. Verloren blickt sie auf ihren Sohn, den wir Alexej nennen, und sinkt erschöpft zurück. Wir tun unser Möglichstes, damit sie wieder zu Kräften kommt, aber es ist alles umsonst. Anna Leopoldowna stirbt am 6. März 1746, zehn Tage nach der Niederkunft. Umgehend setzen Eilkuriere die Kaiserin in Kenntnis. Es folgt ein lapidarisches Schreiben, das den Witwer im gewohnten Befehlston – mit einem einzigen Wort des Beileids – auffordert, ihr mitzuteilen, woran seine Frau gestorben ist.

Am Kindbettfieber, antwortet Prinz Anton Ulrich ebenso lapidarisch, bevor er sich mit seinen ergebensten Wünschen und Grüßen empfiehlt.

Worauf die Herrscherin gebietet, ihre Base einzupökeln wie einen Schinken und sie nach Petersburg zu bringen.

Im Alexander-Newskij-Kloster wird die „durchlauchtige Prinzessin von Braunschweig-Lüneburg" im Grab ihrer Mutter und Großmutter beigesetzt. Elisabeth soll während der gesamten Zeremonie wie ein Schlosshund geweint haben.

Vierter Teil

1

Wer Zeit hat, hat keine Eile. Wie die Jahre vergehen, merken wir am Wechsel der Jahreszeiten, am meisten aber an den Kindern. Es ist Frühling, die Kinder arbeiten im Garten, pflücken Narzissen und Schlüsselblumen. Es ist Sommer, die Kinder vergnügen sich im Weiher. Es ist Herbst, die Kinder pflücken Beeren, Nüsse und Pilze.

Auch im Winter lässt ihr Tatendrang nicht nach. Sie rodeln, bauen Schneemänner, laufen Schlittschuh auf dem zugefrorenen Teich. Abends dampfen die Öfen, die Bratäpfel und das Schwitzbad, das man endlich angebaut hat und aus dem alle Hausbewohner Nutzen ziehen.

Erstaunlich, mit wie wenig die Kinder zufrieden sind. Katharina hat gelernt, von den Lippen zu lesen, und wenn sie etwas braucht, macht sie es mit Gesten verständlich. Aber verlangen tut sie so gut wie nichts: Was sie hat, genügt ihr.

Elisabeth, die wir Lieschen nennen, ist kühner und Anführerin bei allen Spielen und Späßen. Obwohl, dreist sind die Belustigungen dieser Kinder nicht: Sie sind alle scheu und demütig. Folgsam fügt sich Pjotr (auch Petruschka oder Peterchen genannt) Lieschens Anleitungen, soweit es ihm seine (durch die verwachsenen Beine verursachte) Schwerfälligkeit erlaubt.

Und Alexej? Nun, der ist ein schlichtes Gemüt, der nur das Notwendigste begreift, und auch nicht lange und nicht dauerhaft. Prinz Antons Jüngster wird immer ein Kind bleiben, und so wie er heranwachsen muss, ist das wohl nicht von Nachteil.

Natürlich tut es weh, dass von all dem einer ausgeschlossen bleibt. Mit den Jahren sehe ich den Schatten, der sich abends in den Garten stiehlt, höher, aber, wie mir scheint, auch zögerlicher werden. Der neben ihm wird vierschrötiger, langsamer, gebückter. Der gelbe Schein der Laterne fließt um die hagere Gestalt des Soldaten. Stummer Beobachter eines zutiefst traurigen Schauspiels, steht er da, festgerammt wie eine Fahnenstange. Der Hund wuselt nicht mehr herum, aber den sehe ich auch tagsüber nicht mehr. Vielleicht ist er gestorben, und Iwan hat keinen einzigen Spielkameraden mehr.

Dass eine Frau etwas so Grausames anordnen kann, ist unbegreiflich, auch wenn sie nie selber Kinder gehabt hat.

Dabei sagt man, sie hüte Prinz Pawl, den Sohn des Großfürstenpaares Peter und Katharina, wie ihren Augapfel. Aber der soll ja auch die Krone erben, nicht das arme Kind, das bereits in der Wiege an allen Ecken des Reiches zum rechtmäßigen und alleinigen Herrscher Russlands ausgerufen wurde und das jetzt am Eismeer als Gefangener dahinvegetiert.

Etwas daran zu ändern, nun, da sind dem Anschein zum Trotz doch Versuche unternommen worden. Elisabeth Petrowna ist bei den Höflingen und anderen Speichelleckern beliebt, denen sie Privilegien einräumt. Russlands alteingesessene Adelsfamilien und, wie es scheint, auch das Volk aber halten am legitimen Recht der Erben Iwans V. fest (und zu denen gehören neben dem Eismeerzar auch seine vier

Geschwister). Wohl hat es Verschwörungen gegeben, aber die sind entweder im Keim erstickt oder vom Geheimgericht der grausamen Kaiserin zermalmt worden.

Wie ich viel später erfahren habe, hat König Friedrich II. in Gemeinschaft mit Prinz Anton Ulrichs Brüdern in diesen Jahren geplant, ein Schiff über das Weiße Meer und die Dwina zu schicken, um uns zu befreien. Warum daraus nichts wurde, weiß ich nicht.

Für uns hat die fehlgeschlagene Aktion jedoch Folgen gehabt. Wir waren bereits elf Jahre in Cholmogory, als eines Tages – es mochte Anfang 1756 gewesen sein – Kommandant Gurjew uns einschärfte, wir dürften in dieser Nacht unter keinen Umständen unsere Gemächer verlassen.

Ich missachtete das Verbot und schlich in das Zimmer, das sich Anton Ulrichs Kammerdiener Becker und mein Leibbursche Igor teilten.

Die beiden standen am Fenster, dem einzigen in dem von uns und den Bediensteten bewohnten Trakt, das auf den Hof mit dem Eingangstor schaute. Ich gesellte mich zu ihnen. Becker hatte Tränen in den Augen, und Igor, der ebenfalls sehr aufgewühlt wirkte, flüsterte: „Sie bringen ihn weg."

In der Tat, durch den Eingang führten ihn Major Müller und drei Soldaten zu einer schwarzen Kutsche, an die zwei ungeduldige Rappen gespannt waren.

Da er inzwischen das sechzehnte Lebensjahr erreicht hatte, war er natürlich gewachsen, obwohl mir seine schmächtige Gestalt für sein Alter doch sehr klein vorkam. Langes braunes Haar fiel in das schmale Gesicht, das er gesenkt hielt. Augen und Gesichtsausdruck konnte ich nicht erkennen. Er trug einen grauen Anzug, in dem er ein bisschen wie ein Klosterschüler aussah. Eine Leichenprozession, schoss es mir durch den Kopf.

Der eine Soldat half dem Jungen beim Einsteigen und klappte den Schlag zu. Dann stiegen die beiden anderen Uniformierten, von denen einer ein Leutnant oder Hauptmann zu sein schien, nach, die Pferde zogen an, die Kutsche setzte sich in Bewegung. Major Müller ging ins Haus zurück.

Schweigend sahen die drei am Fenster dem Wagen nach, wie er hinter der nächsten Straßenbiegung verschwand.

Gleich nach dem Frühstück trat ich am Morgen an Müller heran. Er saß gebückt am Tisch, wo sein mächtiger Unterkiefer Kascha in seinen Kehlenschlund schaufelte. „Schmeckt's, Herr Major?", fragte ich.

Einen Moment blitzten mich seine blutunterlaufenen Augen an, dann aß er weiter. Wie ungeschlacht und wie alt der Mann in diesen wenigen Jahren geworden war! Das einst schwarze, wenn auch immer ungekämmte Haar war ergraut, ein Netz roter Äderchen überzog die feisten Wangen. Die ebenfalls leuchtend rote Nase verriet seinen Hang zur Flasche, aber wer wäre unter solchen Umständen nicht zu einem Säufer geworden?

„Sie haben ihn also weggebracht", sagte ich.

Er schnaubte. Ich beharrte: „Wohin?"

„Darauf erwarten Sie doch wohl keine Antwort."

„Nein, das wäre zwecklos. Ich nehme an, in ein noch sicheres und noch härteres Gefängnis?"

„Er ist gut aufgehoben."

„Das sagen Sie seit elf Jahren."

„Stimmt es etwa nicht? Ich habe meine Pflicht erfüllt, wie es von mir verlangt wurde."

„Oh, daran zweifle ich nicht. Und weil Sie Ihre Pflicht so vorbildlich erfüllt haben, können Sie jetzt mit gutem Gewissen in Rente gehen, nicht wahr, Major Müller?"

„Glauben Sie, ich habe es gern getan? Unsereiner ist ja auch nicht aus Holz, auch wenn Sie das zu glauben scheinen." Die blutunterlaufenen Augen flackerten einen Moment. „Aber Befehl ist Befehl."

„Und sich einem Befehl zu widersetzen, weil man weiß, dass er grausam und … und ungerecht ist – ja, dass er in seiner Unmenschlichkeit zum Himmel schreit – das ist wohl nicht in Frage gekommen."

Müller stierte mich an, dann zog er mit einem Ruck sein kariertes Schnupftuch hervor und wischte sich die unwirsch vorgeschobenen Lippen ab. „Sie werden mich entschuldigen, ich fahre noch heute nach Sankt Petersburg."

„Ja", sagte ich und verbeugte mich militärisch knapp, „dann gute Reise, Herr Major."

2

Ich konnte nur hoffen, dass Prinz Anton Ulrich, der manchmal in den Glockenturm der Himmelfahrtskirche stieg, wo bereits ein Jahrhundert zuvor Erzbischof Athanasius ein Observatorium installiert hatte, in dieser Nacht nicht in die Sterne geguckt hatte. Und wenn ja, dann war zu wünschen, dass er nur den Himmel sah und nicht das, was sich unter ihm abspielte.

Ich fand ihn in dem kleinen Wohnzimmer, das der Familie vorbehalten war und wohin sich nur selten einer der Offiziere verirrte. Eine Flasche Genever stand vor ihm auf dem Tisch.

Ich setzte mich zu ihm, ohne ein Wort zu sagen. Im Lauf der Jahre war unser Umgang vertraulicher geworden. Und warum sollten wir uns nicht duzen, wenn wir beide unsere Uniformen eingemottet hatten und in weiten Hosen und Russenkitteln herumsaßen (von herumlaufen konnte ja keine Rede sein)?

Anton Ulrich war in die Breite gegangen, sein gesamter Körper wirkte gröber, unbeholfener. Von dem schüchternen Epheben, der zu Beginn der dreißiger Jahre aufgebrochen war, um die russische Thronerbin zu heiraten, war nicht viel übrig geblieben.

Ohne das Schweigen zu brechen, schenkte ich mir einen Genever aus. „Na sdorowje, drug moj", sagte ich, ihn gerade anblickend.

Er schien mich nicht zu sehen. Starr schauten seine Augen an mir vorbei. Ich sah, dass sie rot von Tränen waren. Ich setzte mein Glas nieder und legte meine Hand auf seine.

„Du hast es die ganze Zeit gewusst, nicht wahr?"

Dieser gequälte Blick – ich hätte es vorgezogen, dass er weiter an mir vorbeigeschaut hätte. Dann sagte er, heiser, langsam: „Man hätte ein Brett vor dem Kopf haben müssen, wenn man davon nichts mitgekriegt hätte. Aber …" Seine Stimme war nur mehr ein Krächzen. „Anna konnte ich es nicht sagen. Nein, Fritz, ich konnte es ihr nicht sagen."

„Du Ärmster. Wie muss es all die Jahre in dir gewühlt haben!"

„Schweig. Ich bitte dich, schweig! Trink!"

Über die Genevergläser sahen wir uns lange an. Mit schwerer Zunge stammelte ich: „Glaubst du, glaubst du, dass es eine Vergeltung im Jenseits gibt? Dass diejenigen, die Schuld auf sich geladen haben, dafür büßen müssen … auch wenn sie eine Krone tragen?"

Anton Ulrich trank in langsamen Schlücken. „Ich bin kein Betbruder, Fritz. Aber ich weiß, dass es einen Richter gibt und dass er jeden von uns zur Verantwortung ziehen wird."

„Amen", sage ich und leerte mein Glas.

3

Noch immer ging ich jeden Mittwoch in die Fliedergasse. Galina bot mir einen Wodka an, dann kamen wir zur Sache. Später war noch kurz Zeit für einen Tee und einen zweiten Wodka, bevor ich wieder nach Hause ging.

Keiner von uns beiden wollte mehr. Worüber hätten wir uns unterhalten sollen: über das Wetter, über den Krieg, der ganz Europa Preußen gegenüberstellte, über die hohen Preise, den mittelmäßigen Kabeljaufang? Über das, was im

Hause des Bischofs vorging? Wir hätten uns alle zwei in gefährliches Fahrwasser begeben, ich, weil ich keine Staatsgeheimnisse preisgeben durfte, sie, weil es in ihrem Interesse war, keine zu erfahren. Also schüttete ich den Wodka in den Tee, streichelte noch einmal das schneeweiße Katzenfell, gab Galina einen Abschiedskuss und zog die Tür hinter mir zu.

Gelegentlich traf ich Boris. Er war ein netter Kerl, älter als Galina und sehr zuvorkommend. Durch ihn erfuhr ich eine Menge über Robben und Walrosse, wie man Holz drechselt und aus Tierknochen Kunstwerke schnitzt. Ich gab bei ihm ein Schachspiel in Auftrag, ein Wunder aus Walrosszahn, das ein Regiment aus zierlichen kleinen Warägern auf dem Spielbrett versammelte. Der Familie und mir hat es die langen Winterabende wesentlich verkürzt.

Aufregung gab es, als Bina ein Kind erwartete, von dem jungen Arzt, der aus Cholmogory herüberkam, um ihr Tropfen für ihr schwaches Herz zu verschreiben. Fortan war das Kaminzimmer Sperrgebiet für sie, und Anton Ulrich sprach lange nicht mit ihr. Dass er so streng war, strafte jedenfalls all die böswilligen Gerüchte Lügen, wonach er angeblich ganz Cholmogory mit den Früchten seiner .Lenden füllte. Aber dafür war mein Prinz nun doch zu behäbig. Nur die kleine Tochter von Alexejs Amme Warwara mochte auf sein Konto gehen. Für Ilja, den Sohn der Wäscherin Sonja, war hingegen ich verantwortlich, darauf kann ich einen Eid ablegen.

Wie eine goldene Aureole, wie ein Heiligenschein aus Bernstein und Beryll strahlte sie ins Haus hinein. Ich hielt den Atem an, meine Beine wankten, und mir war, als müsste ich niederknien, wie vor einer Ikone.

„Du?"

„Ja", sagte sie ruhig, „ich, Iwan Zarewitsch."

Der Bann hielt minutenlang an. Dann tauchte ich wie aus tiefer Trance auf. Ich wollte auf sie zueilen, sie in meine Arme nehmen. Sie wich mit einer Biegung ihres Leibes, deren Grazie mir noch von früher vertraut war, zurück. „Ich bin verheiratet, Fritz, und habe drei Kinder."

„Ach so", flüsterte ich. „Natürlich, Lenotschka." Dann fügte ich hinzu: „Willst du Prinz Anton Ulrich begrüßen, und die Kinder?"

„Später", sagte sie. „Wollen wir nicht zuerst ein wenig hinausgehen?"

Wir gingen in den Garten. Die Julisonne gleißte über den Rosenstöcken, das Entengefieder über dem Teich. Käthe und Lieschen fütterten die Hühner, Alexej lief mit einem Stock herum, während sein im Gras hockender Bruder ihm zusah. Keins dieser wohlerzogenen Kinder warf uns aufdringliche Blicke zu, alle gaben den Anschein, als seien sie völlig ihrer Beschäftigung hingegeben.

„Schön", sagte Elena.

„Ja. Nicht gerade Zarskoje Selo, aber doch …"

Ich biss mir in die Lippe. „Bist du wieder bei Hof?"

„Nein, das kam nicht wieder in Frage. Sowieso zieht die Zarin ihre eigenen Damen vor. Zu dem Kreis gehöre ich nicht."

„Und, wie geht es unserer erlauchten Selbstherrscherin?"

„Sie tanzt und geht in die Kirche. Und wenn das zu lange dauert, fällt sie in Ohnmacht."

„Sie muss sich vorsehen. Sie ist nicht mehr die Jüngste."

„Bald fünfzig, ja. - Wenn du mich fragst, hat sie nicht viel von ihrer Krone. Ständig muss sie in einem anderen Schlafzimmer übernachten, aus Angst vor einem Anschlag."

Elena runzelte ihre Stirn. „Aber wollen wir wirklich über die Zarin reden?"

„Nein. Nein, natürlich nicht."

Wir waren vor dem Zaun angelangt, der uns die Sicht auf den Fluss versperrte, und fanden keine Worte. Schließlich sagte ich auf gut Glück: „Die Russen haben eine Schlacht verloren, nicht wahr?"

„Oh, das macht König Friedrich schon wieder wett. Er und dein Bruder Ferdinand. Ihr seid ja wackere Kämpfer, ihr Braunschweiger."

„Nun, wir stehen bereit, wenn wir gebraucht werden. Lenotschka, meine Märchenfee, wie schön du noch immer bist!"

„Red keinen Unsinn. Ich bin dreißig Jahre älter. Wir sind beide dreißig Jahre älter, und so sollten wir uns auch verhalten. Ich denke, ich werde nun doch den Prinzen begrüßen."

Durch das vom Wind bedrängte schwellende Gras gingen wir zurück. Noch immer suchte ich verzweifelt nach Worten. Hatte wir uns wirklich nichts zu sagen, nach all der Zeit?

Ehe wir über die Schwelle traten, beugte sie sich vor und zeichnete mir mit drei Fingern ein Kreuz auf die Stirn. Ich schluckte. „Man merkt, dass du im Kloster warst."

„Das kann man nicht abschütteln. Und einem eingefleischten Junggesellen wie dir wird das nicht schaden."

„Ein Junggeselle, der keine andere Wahl hat. Und der jetzt nach dir in der Klausur sitzt."

„Es wird nicht mehr lange dauern. Ich bin sicher, für euch alle wird der Tag der Freiheit kommen."

Mit Bernstein- und Beryllglanz und unvergleichlicher Grazie schwebte sie in die dunkle Stube, ich ihr taumelnd nach. Zuletzt sagte sie: „Und sei gewiss, die alte Nonne wird dich jeden Tag in ihre Gebete einschließen."

5

Elena Dolgorukowa musste eine Hellseherin sein, denn die von ihr angedeutete Wende begann sich tatsächlich abzuzeichnen. Kaiserin Elisabeth starb am Weihnachtstag des Jahres 1762. Zar war nun Peter III. Er begann seine Herrschaft, indem er im Geiste der Aufklärung fortschrittliche Gesetze erließ: eine Amnestie für politische Gefangene, die Abschaffung der Folter, die Gleichstellung anderer Konfessionen mit dem russisch-orthodoxen Glauben (was natürlich den Klerus über alle Maßen erbitterte). Anscheinend erwog Peter sogar, die Leibeigenschaft abzuschaffen. Seinem Idol Friedrich II. spielte er in die Hand, indem er aus dem Krieg mit Preußen austrat (was dieses vor einer vernichtenden Kapitulation bewahrte).

All diese Maßnahmen brachten die Russen gegen ihren neuen Zaren auf. Nach einem halben Jahr nahm seine Gattin Katharina die Dinge in die Hand. Kaiserin Elisabeths Beispiel folgend, zog sie die Garderegimenter auf ihre Seite, stürmte den Winterpalast und stürzte ihren Gemahl (der sie eingestandenermaßen immer sehr schlecht behandelt hatte). Anstatt nun seine deutschen Soldaten gegen die Usurpatorin einzusetzen, zog Peter es vor, sie für einen Krieg gegen Dänemark in Reserve zu halten, um das einst zu seinem Herzogtum gehörende Schleswig zurückzuerobern. Ohne Widerstand unterschrieb der Holsteiner die Abdankungsurkunde.

Wie es schien, hatte Katharina vor, ihren abgesetzten Gatten in Schlüsselburg einzusperren. Dort saß aber bereits ein politischer Gefangener, nämlich Iwan VI. Peter wurde auf seinem Schloss Ropcha gefangen gesetzt. Dort machten Katharinas Liebhaber Grigorij Orlow und seine Brüder ihr den Gefallen, eine Rauferei mit der Gefangenen vom Zaun zu brechen und ihn dabei rein zufällig zu ermorden.

Der Weg zur Selbstherrschaft war frei. Katharina setzte sich darüber hinweg, dass eigentlich Großfürst Pawl (wessen Sohn er auch immer sein mochte) Peters legitimer Nachfolger war. Aber Kleinkinder können sich ja nicht wehren, und so regierte Katharina nun autokratisch als Herrin aller

Reußen. Da ihr im Gegensatz zu dem armen Peter die Russifizierung zu hundert Prozent gelungen war, erfreute sie sich größter Beliebtheit bei ihren Untertanen. Sie sah sich als aufgeklärte Monarchin und korrespondierte mit Diderot und Voltaire. Das Los der Millionen von Bauern, die, an ihre Scholle gebunden, dort als Leibeigene schuften, hat sie nicht gemildert.

Im Privaten brachte Katharina es fertig, noch mehr Liebhaber zu haben als Elisabeth. Deren Feinde wurden begnadigt: Zermürbt und abgewrackt kehrte die zungenlose Natalja Lopuchina aus Sibirien zurück, und dasselbe galt für Biron und Reichsmarschall Münnich. Ihr alter Widersacher Ostermann erlebte diesen Augenblick nicht mehr: Er war in der sibirischen Verbannung gestorben.

Der Tag kam, an dem uns Bina verließ. Man hatte ihr erlaubt, auf den Landsitz ihrer Familie bei Pernau zurückzukehren, wo sie ihre Schwester, die nach zwanzig Jahren Haft ebenfalls freigelassene Julie, wiedersehen würde.

Zwischen Lachen und Weinen schwankend, nahm Bina Abschied. Auf das Grab in der Kirchengruft, wo ihr frühzeitig verstorbenes Söhnchen Wladimir ruhte, hatte sie einen Strauß aus Ringelblumen gelegt. Jetzt rückte sie den Strohhut auf ihrer aufgetakelten Hochfrisur hin und her und warf ziellose Blicke in die Runde. „Alors, bonne journée, mon prince", sagte sie dann zu Anton Ulrich, der unbewegt in seinem Sessel saß.

„Gute Reise, meine Liebe", antwortete er, und, nach einer kurzen Pause: „Schöne Gegend, dieses Estland."

„Nun, wir wohnen ja auch am Meer."

„Nur die Sprache ist schrecklich", sagte Anton Ulrich.

Bina konnte nichts entgegnen, da die Kinder sie bedrängten. Allen liefen die Tränen über die Wangen, während sie die Scheidende küssten und herzten. Käthe gab ihr einen selbst gestrickten Schal, die Jungen brachten einen Korb mit frisch gepflückten Äpfeln. Bina weinte nun doch, aber niemand, außer mir, hatte ja so lange das Exil der Braunschweiger geteilt.

Ein letzter tränenumflorter Blick zu dem Haus, der Kirche, in deren Dunkel die Ringelblumen blühten, dann war Jakobina von Mengden aus unserem Leben gelöscht.

6

Der Krieg, der sieben Jahre gewütet hatte, war vorbei. Die an dem Waffengang beteiligten Mächte teilten sich die Beute. Mit den vormals französischen Kolonien in Nordamerika steckten die Briten den fettesten Batzen ein. Friedrich II. durfte Schlesien behalten und erkannte dafür Maria Theresia als Nachfolgerin Karls VI. an. Diese durfte nun in Frieden über ihre zahlreichen Länder regieren, von denen sie nur die italienischen an Spanien hatte abtreten müssen. 1765 starb ihr Gemahl Franz Stefan, und ihr Sohn Josef II. wurde deutscher Kaiser und Mitregent seiner Mutter.

Lothringen fiel an den früheren polnischen König Stanislas Leczynsky, den Schwiegervater Ludwigs XV. Dafür machte Zarin Katharina ihren Liebhaber, den schönen Stanislas Poniatowski, zum König der Polen.

Gegen uns schien die Monarchin keinen Groll zu hegen. Sie schickte uns Geschenke, deren Sinn und Zweck uns allerdings manchmal entging. Die Bücher und der Wein waren willkommen, was aber sollten die Mädchen mit Spitzenfichus und Puder für nicht existente Perücken, die Buben mit Batisthemden und Baumwollstrümpfen anfangen? Von Zeit zu Zeit lieferten die Petersburger Boten gar Spielzeugpferde und Puppen ab: Der Zarin war vermutlich entgangen, dass unsere Kinder schon über zwanzig waren.

Eine Anweisung wurde nicht gelockert: Die Urenkel von Iwan V. sollten in der Unwissenheit aufwachsen und nicht einmal lesen und schreiben dürfen. Auch die Beherrschung von Fremdsprachen verwehrte ihnen der kaiserliche Befehl. Natürlich hielten wir uns nicht an das Verbot. Waren wir ohne Beobachter, sprachen wir in der Muttersprache ihrer Eltern mit ihnen, und mit Hilfe von Gellerts Fabeln lernten sie auch die deutsche Schrift. Wir hatten uns die erste russische Grammatik gekauft, die ein gewisser Lomonossow (übrigens ganz in der Nähe von Cholmogory geboren) verfasst hatte, und damit brachten wir ihnen die Grundkenntnisse der russischen Schriftsprache bei. Alle – außer Alexej, an denen solche Feinheiten verloren waren – entzückten sich an den Geschichten der Bibel, in die wir uns abends bei Kerzenschein vertieften.

Endlich bekamen wir auch Post, was die Zensur bisher verhindert hatte. Anton Ulrichs Schwestern Christine und Luise schrieben uns, sie würden ihr Möglichstes tun, um unser Los zu erleichtern. Auch von den Brüdern Ferdinand, Ludwig und Herzog Karl trafen Briefe ein. Von Friedrich II. und Kaiserin Maria Theresia keine Zeile. Ich nehme an, aus Rücksicht auf die diplomatischen Beziehungen.

Dafür erhielt ich einen Brief von Münchhausen. Zur Zeit von Elisabeths Staatsstreich kämpfte er in Finnland und entging somit der Verhaftung. Da er begreiflicherweise in Russland keine Karriere mehr machte, kehrte er 1750 nach Deutschland zurück. Dort heiratete er Jakobine von Dunten, die Tochter eines mit ihm befreundeten baltischen Edelmanns. Mit ihr hat er sich auf sein Gut in Bodenwerder zurückgezogen, wo er seinen Lebensabend zu verbringen gedenkt.

Natürlich erzählt er weiter im Freundeskreis seine fantasievollen Geschichten, die, wie ich annehme, sich inzwischen ins Bodenlose gesteigert haben müssen. Die Flunkereien erfreuen sich so großer Beliebtheit, dass sein Freund Rochus zu Lynar sie in einer Schrift herausgegeben hat. Rochus, ein Bruder von Moritz zu Lynar, ist Diplomat in dänischen Diensten und jetzt Statthalter von Oldenburg.

Auf seine Frage, wie es meiner Herrschaft und mir ergangen war, gab ich meinem alten Kameraden eine knappe und eher vage Auskunft. Ich schrieb, er solle sich keine Sorgen machen, da es uns doch gar nicht so schlecht gehe. Er möge weiter die Geruhsamkeit seiner heimatlichen Weser genießen – und mir Lynars Buch schicken.

In diesen Jahren, den letzten der Sechziger, begann Anton Ulrich die Gedichte und Romane seines Großvaters Herzog Anton Ulrich zu studieren, was er seit seiner Kindheit nicht mehr getan hatte. Irgendwie schaffte er es auch, sich die Schriften von Gotthold Ephraim Lessing zu besorgen, den sein Bruder Karl I. zu seinem Hofbibliothekar berufen hatte.

Diese Lektüre bereitete ihm mit den den Werken von Voltaire, Johann Christian Günther und Henry Fielding die größte Freude.

7

Im Herbst 1764 hatte erneut eine verhangene, rabenschwarze Kutsche vor dem Eingang gehalten. Verdrossene Gesellen luden einen Sarg ab: Der Eismeerzar war nach Hause gekommen.

Anton Ulrich wankten die Knie und seine Hände zitterten, als er seinen Sohn in die Arme schloss. Der sah angsterregend aus: zum Gerippe abgemagert, ungepflegte Haarsträhnen und einen langen farblosen Bart um das verzerrte, kalkbleiche Gesicht. Obwohl man ihn seziert und danach einbalsamiert hatte, waren die zahlreichen Hieb- und Stichwunden an diesem gequälten Körper nicht zu übersehen.

Seinen Geschwistern zeigten wir den Leichnam nicht, wir sagten nur, dass der ältere Bruder, an den sie sich kaum erinnerten, in der Gefangenschaft gestorben war. In der Folge vermieden sie es, ihn namentlich zu erwähnen, aber ich ahnte, dass sie mehr wussten - vielmehr, erraten hatten -, als wir ihnen sagten. Wir setzten Iwan VI. in der Krypta neben dem Grab von Binas ungewolltem Kind bei.

Was mit Iwan geschehen war, erfuhren wir erst nach und nach und auch nur in Bruchstücken.

Nachdem er seit dem Alter von vier Jahren von den Seinen getrennt in einem isolierten Teil unseres Hauses gefangen gehalten worden war, mit dem muffigen Major Müller und einem nicht wenig barschen Soldaten als einzige Gesellschaft, wurde der Junge mit fünfzehn Jahren auf Befehl von Kaiserin Elisabeth ins Staatsgefängnis Schlüsselburg im Ladogasee gebracht. Hier verbrachte er acht Jahre wie ein Schwerverbrecher in einer kahlen Zelle, nur mit dem Nötigsten versorgt und ohne einen Menschen zu sehen außer seinen Wärtern. Sollte er erkranken, so lautete die Order, dürften kein Arzt und kein Priester zu ihm. Im trüben Licht, das durch ein verschlossenes Fensterchen einfiel, suchte er eine Bibel zu entziffern, das einzige Buch, das man ihm gegeben hatte. Eine andere Beschäftigung hatte er nicht.

Begehrte der Gefangene gegen sein Schicksal auf, entzog man ihm das Essen, schlug ihn oder legte ihm Ketten an. Dennoch, und obwohl Iwan – was unter diesen Umständen natürlich war – stotterte und zuweilen wirr redete, war er durchaus bei klarem Verstand. In all den Jahren erhielt er nur dreimal Besuch. Bei seiner Durchreise in Sankt Petersburg nahm ihn anscheinend die Zarin Elisabeth in Augenschein. Peter III. bemühte sich persönlich nach Schlüsselburg und unterhielt sich des Längeren mit dem bleichen, zerlumpten jungen Mann, dessen Thron er einnahm. Auf seine Frage, wer er sei, soll Iwan geantwortet haben: „Ich bin Zar Johann." Was zeigte, dass er sich sehr wohl an das erinnerte, was seine Eltern ihm als kleines Kind erzählt hatten.

Kurze Zeit nachdem Katharina die Macht an sich gerissen hatte, begab sie sich nach Schlüsselburg und beobachtete den „namenlosen Gefangenen", wie er genannt wurde, von außen, ohne seinen Kerker zu betreten. Anscheinend plante sie, ihren gestürzten Gatten in Schlüsselburg einzukerkern, und gab Befehl, Iwan anderswo (wahrscheinlich in einem Kloster) einzusperren. Während der Überfahrt von der Gefängnisinsel kenterte das Boot in einem Sturm, und man musste den Gefangenen, der um ein Haar ertrunken wäre, zurückbringen.

Da das Problem Peter III. gelöst war, blieb er bis zu seinem Tod in seiner düsteren Zelle. Der erfolgte am 4. Juli 1764. Ein Leutnant namens Wassilij Mirowitsch machte den waghalsigen Versuch, Iwan zu befreien. In einem solch Fall, so lautete die kaiserliche Anweisung, durfte der Gefangene nicht lebend entkommen.

Die Wachsoldaten hielten sich an den Befehl. Wiewohl er sich verzweifelt wehrte, wurde Zar Iwan VI. erbarmungslos abgeschlachtet.

8

Lieschen, Anton Ulrichs Liebling, war auch mir ans Herz angewachsen. Wenn ich ehrlich sein will, muss ich gestehen, dass meine Zuneigung zu ihr über die eines Vaters hinausging. Nun kannte ich sie aber bereits, seit sie im Dezember 1743 in Dünamünde auf die Welt kam, und so hielt ich meine Gefühle im Zaun.

Ihre Gefühle im Zaum zu halten, fiel Liese schwerer. Je älter die Kinder wurden, desto augenscheinlicher wurde es, dass sie im emotionalen Bereich ganz normale Regungen entwickelten. So konnte man beobachten, wie Pjotr und Alexej in abgeschiedenen Plätzen mit den Mägden poussierten.

Viel konnte dabei nicht herauskommen, und so sahen wir darüber hinweg.

Über Lieschens Liebelei mit dem Sergeanten Trifonow konnte man hingegen nicht hinwegsehen. Die beiden jungen Leute hatte große Leidenschaft gepackt. Als Kommandant Gurjew dahinter kam, erteilte er Trifonow einen scharfen Verweis. Prinz Anton Ulrich beschied er, er möge seine Tochter anweisen, sich zurückzuhalten. Es folgten Tränen und heftige Szenen, und dies ging so lange weiter, bis der Sergeant versetzt und durch einen älteren Soldaten abgelöst wurde , der so beschaffen war, dass er kaum zärtliche Gefühle in einem jungen Mädchen hervorrufen konnte. Bis zu dem Zeitpunkt hatten sich die Gerüchte, dass Elisabeth Antonowna schwanger sei, gelegt.

Lieschen brauchte lange, bis sie die Sache überwunden hatte.

9

Kann es sein, dass selbst Tyrannen ein Gewissen haben? Aus den Geschenken, die sie uns machte, glaubten wir zu entnehmen, dass Katherina II. das Gefühl hatte, sie habe etwas gutzumachen. Regelmäßig erkundigte sie sich nach unserem Wohlbefinden und schickte aus Archangelsk den Gouverneur Golowzyn, später auch Senator Alexej Petrowitsch Melgunow, um ihr Bericht zu erstatten.

Es war ein bisschen wie eine Truppeninspektion. Obwohl keine Grenadiere, sondern eingeschüchterte große Kinder vor Melgunow saßen. Durch den Dampf einer Tasse heißer

Schokolade beäugte der gute Mann die Examenskandidaten. Die Hände zwischen den Knien, hockte Pjotr da und blickte nicht einziges Mal auf. Alexej wippte auf seinem Stuhl, einen Finger im Mund. Lieschen schob dem Senator einen Teller mit Plätzchen zu. „Bitte, bedienen Sie sich. Ich habe sie selbst gebacken."

Käthe nickte und strengte sich an, aus den Gesten und den Lippenbewegungen zu deuten, was gesagt wurde. Mengulow knabberte Kekse und schlürfte seine Schokolade. Dann sagte er: „Ich freue mich, dass Eure Hoheiten wohlauf sind. Haben Sie vielleicht irgendeinen Wunsch, etwas, was ich für Sie tun kann?"

Käthe lallte etwas, was ihre Schwester in verständliche Worte übersetzte: „Oh ja, wenn es uns erlaubt wäre, mit den Frauen der Offiziere zu reden, würde das uns große Freude machen."

Auch Alexej stieß jetzt ein paar unartikulierte Laute aus, und erneut dolmetschte Lieschen: „Und mit ihren Kindern spielen."

Mengulow starrte die jungen Männer und Frauen an, die bereits ihr zwanzigstes Lebensjahr überschritten hatten, verbarg schamhaft sein Gesicht im Schokoladendampf und murmelte: „Oh, das wird wohl zu machen sein. – Äh, sonst noch was?"

„Ja", rief Lieschen, als habe sie auf ein Stichwort gewartet. „Die Kaiserin war so gütig, uns schöne neue Kleider zu schicken. Aber ... Verzeihung ... wir wissen nicht, wie man sie anzieht, und unsere Diener auch nicht. Wir haben vor allem Schwierigkeiten mit den Korsetts."

„Korsetts … Äh, ja. Ich sorge dafür, dass jemand vorbeikommt, der dieses Problem lösen kann."

Käthe lachte laut, weil sie annahm, es sei ein Scherz gemacht worden. Heiterkeit war in solchen Situationen ihre gewohnte Reaktion. Mengulow hüstelte und nahm noch einen Keks. Lieschen sagte: „Und wir haben gehört, dass draußen, auf der anderen Seite des Zauns, Blumen wachsen, die wir hier nicht haben. Wenn Sie uns gnädig erlauben würden, einmal dort hinzugehen …"

Der Senator hätte sich beinahe verschluckt. Er hustete erneut und sagte: „Wenn ein Soldat mitgeht, lässt sich das wohl machen."

„Ich könnte mit den Kindern gehen", sagte ich rasch.

„Sie? Sie gehören aber doch irgendwie zur Familie …"

„Das heißt, ich bin ebenfalls in meinen Bewegungen beschränkt?"

„Natürlich nicht. Sie können gehen, wohin Sie wollen. Aber wenn die … wenn Ihre Hoheiten das Grundstück verlassen, muss einer der Soldaten sie begleiten."

Ich sagte nichts, und Lieschen hauchte: „Tausend Dank, Euer Gnaden."

„Bitte." Mengulow wollte sich erheben, doch Pjotr hatte noch ein Anliegen. „Noch einen Augenblick, Euer Gnaden."

„Ja?" Nicht nur der Senator, wir alle blickten Pjotr neugierig an. Der druckste zunächst herum, dann stammelte er, laut und verlegen: „Vielleicht könnten Sie uns einige geweihte Kerzen aus Archangelsk schicken. Wenn sie aus einer solchen Kathedrale kommen, sind sie ja besonders heilig."

„Kerzen", murmelte Mengulow, „aus Archangelsk?"

„Ja, wir würden sie dann auf das Grab unseres großen Bruders stellen. Wissen Sie, der ist vor ein paar Jahren gestorben, an einer schlimmen Krankheit."

10

Meine Affäre mit Galina verlief allmählich im Sande. Sie hatte ausreichend mit ihrem Mann und ihren Kindern zu tun, da kam ich mir ein bisschen wie ein fünftes Rad am Wagen vor. Als sie sich dann die blonden Zöpfe abschnitt und den Rest ihrer Haare zu der nichtssagenden Kopie einer modernen Kurzfrisur hochsteckte, stellte ich die Besuche in der Fliedergasse ein.

Ich hatte aber auch so Anlass genug, herumzustreichen. In die Stadt durften die Kinder nicht, es war ihnen aber gestattet, das Flussgebiet auf einer Länge von fünf Werst zu erkunden.

Dies war sie für eine Quelle nie versiegender Freuden. Sie kamen aus dem Staunen nicht heraus, wie breit und mächtig die Dwina ist, und wie viele Inseln sie auf ihrem Lauf umströmt. Auf diese Weise kamen wir mit Bauern und Fischern ins Gespräch, die uns ihr Vieh und ihre Fische zeigten. Wir sammelten Schneckenhäuschen und schöne glatt geschliffene Kieselsteine. Und was für eine kunterbunte

Vielfalt von Wasservögeln gab es im Schilf: Enten aller Arten, Graugänse und die berühmten Cholmogorygänse, Blesshühner, Reiher ... Eisvögel und Libellen sah man schillernd wie Blitze über das Wasser schießen. Des farbigen Treibens war schier kein Ende.

Während wir uns an den Wundern der Natur entzückten, faulenzte unser Begleiter, Feldwebel Skripnikow, im Ried, schmauchte seine Pfeife und träumte vor sich hin. Oft war er eingedöst, wenn wir zurückwollten. Er nahm es nicht krumm, schulterte seine Flinte und stapfte gleichmütig hinter uns her.

Als wir von einem unserer Streifzüge beseligt heimkamen, fanden wir Prinz Anton, der es sich im Kaminzimmer gemütlich gemacht hatte. Ich merkte gleich, dass etwas nicht wie sonst war. Er begrüßte uns irgendwie zerstreut: „Wollen wir Kaffee trinken, Kinder?"

„Ja, aber wir ziehen uns erstmal um", antworte die jederzeit ordentliche Elisabeth und verschwand mit ihren Geschwistern.

„Ach, ich zieh mir bloß die Stiefel aus", sagte ich und nahm am Tisch Platz.

Anton Ulrich sagte: „Dann genieß mal diesen schönen schwarzen Kaffee. Echt arabisch, ein Geschenk unserer erlauchten Herrscherin."

„Tatsächlich?" Eher skeptisch hob ich die Tasse an die Lippen, dem auf mich einflutenden Sinnenrausch konnte ich aber nicht widerstehen.

„Gut, nicht wahr?", blinzelte Anton Ulrich. „Sie hat uns auch Tokaier geschickt."

„Und den sollen wir jetzt auf ihr Wohl saufen?"

Anton Ulrich lehnte sich zurück, lockerte seinen obersten Westenknopf und starrte aus seinen vom grauen Star verschleierten Augen vor sich hin. Dann sagte er: „Sie hat mir die Freiheit angeboten."

„Was?"

„Ja, du hast recht gehört. Ich kann gehen, wo ich will."

Er nahm tief Atem und fügte hinzu: „Aber ohne die Kinder. Sie sind Thronerben, sie dürfen Russland nicht verlassen."

Ich brauchte eine Weile, bis ich das verdaut hatte. Ich nahm einen langen Schluck Kaffee und sagte: „Und, nimmst du das Angebot an, Anton Ulrich?"

Er funkelte mich beinahe böse an. „Nimmt du allen Ernstes an, ich würde die Kinder allein lassen? Da .. das kommt gar nicht in Frage." Sein altes Stottern bemächtigte sich seiner wieder. „Ich habe es Anna auf dem Sterbebett ver ... versprochen, aber auch so würde ich nie ohne sie gehen. Das dürfte doch wohl klar sein."

„Hm." Mehr wusste ich nicht zu entgegnen. Noch immer blinzelten mich die getrübten Augen an. „Aber du, Fritz, du hast keinen Grund, länger hier herumzuhocken. Niemand hält dich fest. Du kannst deine Koffer packen, wann immer du willst."

„Wo sollte ich hin? Nach Amerika, weil es dort keine Könige mehr gibt? Nach Madagaskar, um Reichtümer zu scheffeln? In zwei Monaten werde ich sechzig, mein Freund."

„Und Deutschland? Ist der Ruf der Heimat nie an dich gegangen?"

Ich rümpfte die Nase. „Meine Eltern sind tot, mit meinen Geschwistern hab ich keinen Kontakt mehr. Und auch sonst hab ich keine Lust, in die deutschen Urwälder zurückzugehen."

Man hörte die Kinder auf der Treppe poltern. Ich beugte mich vor und raunte: „Nein, alter Schlawiner, ich glaube, wir müssen es noch ein Weilchen miteinander aushalten."

Pjotr humpelte seinen Geschwistern mit blitzenden Augen voran. „Worüber redet ihr?"

„Ach, nichts Besonderes", antwortete ihr Vater. „Sagt Gruschenka, sie soll uns frischen Rahm bringen. Ein solcher Kaffee verdient eine spezielle Würdigung."

11

Immer wieder hatte Prinz Anton Katharina II. in unterwürfigen Bittschreiben angefleht, doch wenigstens seinen Kindern die Freiheit zu schenken. Als sie darauf nicht reagierte, gab er auf.

Nicht so Lieschen. Was sie tat, war allerdings ein fataler Fehler. Es kam nämlich der Augenblick, wo der Zarewitsch Pawl Petrowitsch 18 Jahre, also volljährig wurde. An diesem Datum, so war bei ihrem Regierungsantritt festgelegt worden, sollte die Kaiserin ihrem Sohn den Thron überlassen, da er ja der rechtmäßige Nachfolger seines Vaters war.

Katharina hatte jedoch keine Lust, auf die Krone zu verzichten, und verkündete, sie würde weiter als Autokratin herrschen. Der Zarewitsch wurde stehenden Fußes mit Wilhelmine von Hessen-Darmstadt verheiratet und musste sich damit begnügen, weiterhin in Wartstellung zu verbleiben.

Unser Lieschen schrieb nun eigenständig zwei Briefe an die Zarin und ihren Sohn, in denen sie ihnen artig zur Vermählung gratulierte. Weiterhin unterwarf sie sich dem Wohlwollen beider Herrschaften und bat untertänig um die Freilassung der gesamten Familie. Zwei ähnlich formulierte Schreiben richtete sie an den Außenminister Graf Panin und den Staatssekretär Teplow.

Über Panin folgte nun ein gehöriger Rüffel der Zarin. Wie, es bestand doch das strikte Verbot, die Braunschweigischen Erben im Lesen und Schreiben zu unterrichten. Wie kam es dann, dass Elisabeth Antonowna imstande war, in einwandfreiem Russisch und gepflegter Handschrift solch einen Brief zu schreiben?

Anton Ulrich verteidigte seine Tochter, so gut er konnte.

Die Kinder hätten von sich aus einer Schulfibel und einer alten Bibel schreiben und lesen gelernt, weitere Bücher würden sie nicht besitzen.

Da Petersburg offensichtlich noch immer grollte, ließ Golowzyn in Cholmogory alles Schreibmaterial und sämtliche Schriften, die dort gefunden wurden, konfiszieren. Dabei wurden sogar Notizen, die sich ein früherer Leibarzt des Prinzen gemacht hatte, beschlagnahmt. Außer religiösen Büchern dürften die Kinder nichts Schriftliches besitzen.

Sollte Lieschen jemals wieder das Bedürfnis haben, Briefe zu schreiben, müsste sie erst die Genehmigung des Gouverneurs einholen. Da sie aber weder Tinte noch Papier hatte, wäre das schwer zu bewerkstelligen.

Für seine Dienste erhielt Teplow zwei Fässchen Branntwein, damit er beruhigend auf die Kaiserin einwirken konnte. Da aus Petersburg keine weiteren Order in dieser Angelegenheit kamen, schien man die Sache auf sich beruhen zu lassen.

12

Mit Prinz Anton Ulrich ging es immer mehr bergab. Die schwermütigen Töne des Cellos hörte man gar nicht mehr in Cholmogory. Seine vom Wasser geschwollenen Beine erlaubten es ihm nicht länger, in den Kirchturm zu steigen und die Sterne zu beobachten. Aber sowieso wäre das bei seiner schlechten Sicht nicht möglich gewesen. Wir wollten den grauen Star stechen lassen, aber der Prinz wehrte sich mit Händen und Füßen dagegen. Er hatte sich nie operieren lassen und gedachte, mit allen Körperteilen, mit denen er auf die Welt gekommen war, diese zu verlassen.

Ich las ihm vor. War dies etwa Klopstocks „Messias", nickte er ein; bei Diderots „La Religieuse" regten sich seine Lebensgeister wieder. Diese kamen auch in Schwung, wenn er Wein und Wodka allzu munter zusprach. Von der Vergangenheit sprach der Prinz nie, die Gegenwart brachte ihn allerdings häufig in Rage.

Auf seinen Wunsch hatte ich ihn noch einmal ins Badehaus begleitet. Im Innern hütete ich mich, ihn mit Wasser zu bespritzen oder mit der Birkenrute zu schlagen, und drängte ihn, sich nicht zu lange der Hitze auszusetzen. Als er herauskam, brach er zusammen.

Mit vereinten Kräften stemmten wir ihn die Treppe hoch.

Sein Gesicht war gerötet, und er hatte Atemnot. Der Arzt, den wir aus Cholmogory kommen ließen, meinte, es sei ein Schlagfluss gewesen, aber kein Grund zur Besorgnis. Wenn der Patient sich des Kaffees enthalte, würde er wohl wieder auf die Beine kommen.

Sich des Kaffees enthalten, das war undenkbar für Anton Ulrich. Da wir aber spürten, dass seine Tage gezählt waren, wollten wir ihm dieses geliebten Genusses nicht berauben und gönnten ihm von Zeit zu Zeit ein Tässchen des mit viel Milch verdünnten Gebräus.

Seine Kinder und ich waren bei ihm, als es zu Ende ging. Pjotr hatte sein Gesicht in der Bettdecke vergraben, Alexej kauerte schluchzend am Boden, Käthe öffnete ihren Mund, aus dem kaum hörbare Laute kamen. Lieschen hielt den Kopf des Vaters, damit er nach dem letzten erkennbaren Licht spähen konnte, das durch das Fenster fiel.

„Ist es Abend?", lallte der Sterbende. „Ja, es ist Abend. Endgü ... gültig Abend."

Es war heller Tag, aber keiner hatte den Mut, ihm zu widersprechen. Seine Kräfte verließen ihn. Er konnte nur noch murmeln: „Ist der Geistliche gekommen?"

Ich schluckte. „Nein, der Fluss ist zu hoch. Mit dem Boot kommt man nicht durch."

Er sank in die Kissen zurück und flüsterte: „Dann muss es halt so gehen."

Seine müden Augen fielen auf seine Kinder. „Seid nicht traurig. Fritz wird auf euch aufpassen. Seid weiterhin gute Russen, aber … aber vergesst nicht, dass ihr auch deutsches Blut habt."

„Da, da, konjeschno, Papotschka", schnüffelte Lieschen, und eifrig nickte Käthe dazu.

Anton Ulrichs magere abgekämpfte Hände irrten über die Bettdecke. „Hoffentlich schimpft eure Mutter nicht droben mit mir, wie sie es hier unten getan hat."

„Bestimmt nicht, Papa", wimmerte Pjotr, und ich pflichtete bei : „Du bist das Beste, was sie hatte."

„Ach Fritz, du hast immer dummes Zeug geredet", flüsterte der Prinz und starrte zum Fenster. Er suchte sich aufzurichten und fiel wieder zurück. Seine letzten Worte waren: „Einen lutheranischen Ketzer wie mich wird man kaum im Newskij-Kloster beisetzen. Begrabt mich in der Krypta, bei meinem armen Jungen!"

Fünfter Teil

1

Juliane Marie, die jüngste Schwester von Prinz Anton Ulrich, hatte 1752 den dänischen König Frederik V. geheiratet. Mit dem Andenken an dessen erste Frau Louise, die beim Volk sehr beliebt gewesen war, konnte sie allerdings nicht konkurrieren. Frederik V. hatte einen Sohn aus erster Ehe, der eine gespaltene Persönlichkeit und einen zerrütteten Geist hatte. Dennoch wurde er nach dem Ableben seines Vaters unter dem Namen Christian VII. König.

Juliane Marie hätte lieber ihren eigenen Sohn Frederik auf dem Thron gesehen, sie musste sich aber mit dem ungeliebten Stiefsohn abfinden. Zu ihrem großen Missfallen geriet der immer mehr unter den Einfluss seines deutschen Arztes Johann Christian Struensee, der zum wahren Herrscher des kleinen Königreiches avancierte. Zum Premierminister ernannt, leitete der Arzt eine Reihe Reformen wie die Einführung der Presse- und Meinungsfreiheit oder die Abschaffung der Leibeigenschaft in die Wege, die in radikalem Gegensatz zu der absolutistischen Tradition der dänischen Könige standen.

Als Struensee noch dazu ein Verhältnis mit Christians Gattin Caroline Mathilde begann, wurde es der Kamarilla um Juliane Marie zu viel. Sie stürzte Struensee und sorgte dafür, dass er geköpft wurde. Am liebsten hätte sie auch die Hinrichtung von Königin Caroline Mathilde gesehen, aber deren Bruder König George III. von Großbritannien bestand darauf, dass seine Schwester in seine hannoverischen Lande verbannt wurde, wo sie nach ein paar Jahren im Alter von sechsundzwanzig Jahren starb.

Struensees Reformen wurden rückgängig gemacht, die alten Verhältnisse wiederhergestellt. Als Regent für seinen geistesgestörten Stiefbruder wurde Erbprinz Frederik eingesetzt, die wahre Macht übte Königin Juliane Marie aus.

Im Jahr 1780 wurde diese von Katharina II. kontaktiert, die bemüht war, die ihr von ihren Vorgängern geerbten Altlasten loszuwerden. Die Zarin erinnerte Juliane Marie daran, dass sie vier Nichten und Neffen hatte, die isoliert in der Eismeereinöde ein kärgliches Leben fristeten. Wenn die dänische Königin bereit war, sie aufzunehmen, würde sie, Katharina, die Unkosten tragen.

Juliane Marie, der daran gelegen war, die guten Beziehungen zu Russland nicht zu gefährden, stimmte zu.

2

Zum ersten Mal im Leben auf Schiffsplanken – das kann ja nur mit Zittern und Zagen vor sich gehen. Um ein Uhr nachts an diesem 27. Juni 1780 reißt man uns aus unseren Betten und bringt uns an Bord einer Schaluppe, mit unserem Gepäck und unserem Gefolge. Das sind etwa dreißig Personen, die Diener und die Wachsoldaten mitgerechnet. Zu guter Letzt hat uns die Zarin mit Teppichen, Lüstern, Porzellan, einem kompletten Silber-Service sowie einer neuen Garderobe versorgt. Eine Flut von unerwarteten und vielfach auch überflüssigen Geschenken, anscheinend im Wert von 32.000 Rubel, die achtunddreißig Jahre Gefangenschaft hinwegwischen und den Eindruck vermeiden sollen, die Kaiserin entlasse Prinz Antons Kinder als Bettler in die Freiheit.

Immer wieder muss ich die Kinder ermutigen, die wie ängstliche Küken zusammenhocken. Als die Schaluppe sich in Bewegung setzt, stöhnen sie so entsetzt, dass sie vergessen, einen letzten Blick auf das Gefängnis zu werfen, in dem sie ihre gesamte Kindheit und Jugend verbracht haben.

Als die Sonne wenig später aufsteigt und links und rechts eine in rosiges Morgenlicht gebadete Flusslandschaft vorbeizieht, weiten sich die Augen und Herzen meiner Schutzempfohlenen: Wer hätte sich die Schönheit dieser nordischen Regionen so ausgemalt!

Während die Bedienten und die Wächter die Körbe mit dem Proviant auspacken, eilen Käthe, Lieschen, Petruschka und Alexej von einer Bordseite zur anderen und kommen aus dem Staunen nicht heraus. Am späten Vormittag taucht die wuchtige Masse der Festung Nowodwinskaja auf. Entsetzen ergreift die Kinder: Will man sie dort einsperren und wie ihren Bruder Iwan umbringen?

„Aber nein, Kinder, wir fahren ja nach Dänemark", suche ich sie zu beruhigen. Glücklicherweise haben wir wenig später den Hafen von Archangelsk erreicht, wo wir an Bord der Fregatte „Polarstern" gehen. Oberst Ziegler, dem unsere Reisegesellschaft anvertraut ist, kennt keine Rast, bis die ganze menschliche und gepäckliche Fracht verstaut ist. Am

1. Juli lässt Kapitän Andersen den Anker lichten, und wir stechen in See.

Die Überfahrt hätte sich keiner in seinen schlimmsten Träumen so mühsam vorgestellt. Am Nordkap schlottern wir in den Zobelpelzen und Hermelinkappen, mit denen uns die Zarin so großzügig ausgestattet hat. Ein Sturm nach dem anderen schüttelt das Schiff, doch unverzagt kämpft sich die „Polarstern" durch Wind und Wogen. „Ach, wenigstens dürfen wir zusammen sterben", ächzt Pjotr, während Alexej sich in wahren Kaskaden übergibt.

Etwas bessere Stimmung kommt auf, als wir zwischen dem Festland und den sich wie ein gewaltiger Wall auftürmenden Lofoten kreuzen. Wir lassen uns den Wind um die Nasen wehen, erspähen den Flug der Möwen und die Atemfontänen der das Wasser durchpflügenden Wale, entzücken uns am ständig wechselnden Farbenspiel von Meer und Wolken.

„Ist Dänemark auch so schön?", fragt Lieschen, die sich so weit über die Reling beugt, dass ihr Haar wie ein gelber Strudel im Wind wirbelt.

„Nein, ich denke, es ist flacher", sage ich. „Ein bisschen wie an der Dwina." Und, als ich ihre skeptische Miene sehe, füge ich hinzu: „Das bedeutet, wir werden uns wie in Cholmogory fühlen. Wie zu Hause, Lieschen."

Lieschen kehrt der See dem Rücken zu. „Wie zu Hause wird es nie sein, Fritz."

Auch die Fjorde Westnorwegens ringen uns Bewunderung ab. Was für ein Gegensatz zu der unbegrenzten Stille der Tundra! Die Kinder öffnen Ohren und Münder, als ich ihnen von den Trollen und Rentieren erzähle, die in dieser märchenhaften Wildnis zu Hause sind. Gerne wären wir in Bergen an Land gegangen, aber das erlaubt man uns nicht. So müssen wir uns damit begnügen, die bunte Pracht der hanseatischen Handelshäuser und das nicht weniger farbige Treiben des Fischmarkts aus der Ferne zu beobachten.

Anfang September – wir sind seit zwei Monaten unterwegs – wechseln wir auf das dänische Kriegsschiff „Mars" über, das mit dem ganzen Stolz seiner fünfzig Kanonen an einem seitlichen Kai wartet. Der neue Kapitän heißt Lütgen, der neue Betreuer Plöyart, der sich des Titels „Hofmarschall" erfreut und noch dazu Russisch versteht.

Das ist auch höchst willkommen, denn wir werden in Zukunft einen rein dänischen Hofstaat haben. Nach dem Willen der beiden Monarchinnen muss unser russisches Gefolge uns verlassen. Nur der Pope und seine zwei Akolyten dürfen bleiben, alle anderen - Diener, Lakaien, Kammerherren und Kammerjungfern, Mägde und Knechte, die wir zum Teil von Jugend an kannten, ja sogar die Milchschwestern der Kinder, von denen eine zumindest eine leibliche Halbschwester ist - müssen nach Russland zurückkehren. Wieder fließen Tränen, und mit sehr gemischten Gefühlen treten wir den Weg in unsere neue Heimat an.

3

Horsens ist eine Kleinstadt in Jütland, die hauptsächlich vom Handel lebt. Man scheint sie für uns ausgewählt zu haben, weil sie erstens nicht direkt am Meer, sondern zwanzig Werst weiter am Ende eines langgezogenen Fjords liegt, und zweitens, weil es der Heimatort des dänischen Staatssekretärs Guldberg ist.

In aller Eile hat hier der königliche Architekt Harsdorf für über 50.000 Reichstaler ein Haus errichtet, das aus zwei angebauten Teilen besteht. Die Dienerschaft logiert im Parterre, das auf den Hauptplatz, den „Kirketorvet", hinausgeht, während unsere Zimmer im auf den Garten schauenden Trakt sind, die der Mädchen im Erdgeschoss, die der Jungen im oberen Stock. In der ersten Nacht war es allerdings so, dass die vier sich in ihren Zimmern verbarrikadierten, weil sie immer noch fürchten, man würde sie umbringen.

Das Haus bietet jeden Komfort. Die Möbel kommen aus Kopenhagen, die Gardinen und die Bettdecken wurden eigens für uns gewoben und bestickt. Sechs Gärtner pflegen den Garten, der von einem ausladenden Kirschbaum beschattet wird. Tauben und Zeisige gurren in den Volieren, Pfauen streifen über den Rasen, Truthähne und exotische Hühner beleben den Geflügelhof. Es gibt Ställe für Pferde und Kutschen. Eine Laube und ein Pavillon erlauben es, sich zurückzuziehen, wenn man allein sein will. Sogar eine russische Kapelle hat man eingerichtet. Allerdings nicht nach den Wünschen unseres Seelsorgers, Vater Wassilij, der sofort die Räume für die Ikonostase und die sakralen Gegenstände erweitern ließ. Die guten Dänen waren perplex, als der Pope sagte, er würde seine Frau und seine Kinder nachkommen lassen, aber in dem weitläufigen Gebäude wird wohl auch für die noch Platz sein.

Dass alle ringsum nur Dänisch oder Deutsch sprechen und ich nicht bei jedem Gespräch dolmetschen kann, bereitet den Kindern Probleme. Hofmarschall Plöyart, der selber einigermaßen Russisch radebrechen kann, hat jedoch ein Mädchen aufgestöbert, das Russisch spricht. Marfa ist nun offiziell Käthes Zofe und uns allen unentbehrlich.

Womit wir unsere Zeit verbringen? Nun, mit Spaziergängen durch die Stadt oder Kutschenfahrten in die nähere Umgebung. Dass wir uns nicht zu weit vorwagen, darüber wachen die Schleswiger Kürassiere, die vor dem „Palais" auf Posten stehen. Was heißt, dass wir bei aller angeblichen Freiheit nie unbeobachtet sind.

Ganz Horsens bestaunt den „russischen Hof", wie man uns nennt, als kämen wir aus Indien oder China. Neugierige Blicke folgen uns, wenn wir gleich um die Ecke die Klosterkirche besuchen oder den Markt, der so ganz anders als der in Cholmogory ist. Hier gewinnt man eher den Eindruck, die Dänen ernähren sich ausschließlich von Rollmops und Labskaus. Dass Fisch so beliebt ist, muss auch etwas mit dem Klima und der Nähe zum Meer zu tun haben. Im Sommer regnet's, im Winter wallt Nebel: Da stärkt man sich gerne mit Stockfisch und Pökelfleisch.

Dass so etwas nicht auf unsere Tafel kommt, dafür sorgen unsere Hofmeisterin, Madame Lilienfeld, und der aus Frederiksborg kommende Koch, der sich unbeirrbar von der französischen Küche inspirieren lässt. Brot- oder Biersuppe, Braunkohl oder gar Smörrebröd kommen für den nicht in Frage. Borschtsch oder Pelmeni schon gar nicht.

In unseren feinen französischen Kleidern speisen wir unter den funkelnden Glasprismen der venezianischen Lüster aus Petersburger Porzellan und Silberplatten, die auf opulent besticktem Damast ruhen. Lakaien, die uns nicht verstehen, servieren russischen Kaviar, Jütländer Schinken, norwegischen Skrej, Nordmeeraustern, spanische Sardellen, holländischen Käse, italienische Oliven, sowie an Orangen, Pomeranzen, Granatäpfeln, Ananas alles, was die Gewächshäuser hergeben. Dass auch Moselweißwein, Burgunder, Likör, Bier, Kaffee, Tee und Schokolade freigiebig ausgeschenkt werden, versteht sich wohl von selbst.

Alles Delikatessen, die sich radikal von der kargen Kost am Eismeer unterscheiden und die unsere Kinder verzehren, ohne sich bewusst zu sein, was für ein Luxus ihnen da geboten wird. Man behandelt sie mit großer Ehrbezeugung, nennt sie „Durchlaucht" oder „Euer Gnaden", doch warum das alles so ist, das wissen sie nicht.

Nach dem Mokka, dem Likör und den Biskuits fahren wir aus, über Felder, die von Klee und Klatschmohn wellen, am Fjord entlang und durch Wälder, die nie die Weite der Taiga erreichen. Manchmal statten wir den benachbarten Gutsbesitzern eine Visite ab, so Kammerherrn Gersdorf, dessen Hof uns mit Milchprodukten, Eiern, Geflügel und Champignons versorgt.

Diese Besuche sind nur von kurzer Dauer, denn wie brave Internatsschüler müssen wir vor Nachteinbruch zu Hause sein.

4

„Schon wieder gewonnen!", freut sich Alexej. Während die Jungen drinnen Billard spielen, spazieren die Mädchen und ich durch den Garten, von Amseln und Sperlingen umhüpft, denen wir von Zeit zu Zeit Brotkrumen hinwerfen. Dann meldet uns Morten, der aus Norwegen kommt und deshalb wie ein rotschöpfiger Troll aussieht, Besuch.

Es ist nicht Königin Juliane, die wir schon so lange erwarten, sondern ihr Sohn, Erbprinz Frederik. Madame Lilienfeld gibt sich die Ehre, ihn in den grünen Salon zu geleiten.

„Das ist euer Cousin, der Sohn eurer Tante Königin Juliane", flüstere ich, als meine Schützlinge eingeschüchtert herumstehen. Sie gehen auf ihn zu, und unter Tränen küssen und umarmen sie ihn. Es ist der erste Verwandte, den sie in ihrem Leben sehen. Etwas verlegen erwidert Prinz Frederik diese unbeholfenen Ausdrücke der Zuneigung. Die Familienähnlichkeit springt ins Auge: langes, blasses Gesicht, hohe Stirn, übergroße, vorstehende Augen, unter denen eine lange melancholische Nase und ein spitzes längliches Kinn hängen. Dazu der kleine Wuchs und eine Schulter, die niedriger als die andere ist. Ich kann nicht umhin einzuwerfen: „Wenn Sie mir die Bemerkung erlauben, Hoheit, Sie sehen Ihrem Onkel sehr ähnlich."

„Welchem?", kichert der Prinz, immer noch verlegen. „Ich habe deren viele. Ach natürlich, Sie meinen Prinz Anton Ulrich. Den habe ich leider nicht gekannt. Umso mehr freut es mich, jetzt seine Kinder vor mir zu sehen."

Die Beklemmung will nicht weichen, zumal die Kinder nur bruchstückweise verstehen, was wir sagen. Madame Lilienfeld hat die gute Idee, Sherry servieren zu lassen. Wir nehmen Platz. Die Kinder starren ihren Vetter wie ein achtes Weltwunder an. „Ich hoffe, es geht allen gut, und dass ihr euch hier wohl fühlt", sagt er. „Das Haus ist ja sehr geräumig, und wie ich sehe, seid ihr gut gekleidet. Besonders Ihr Kleid, Cousine ... äh ..."

„Katharina", hilft die Lilienfeld nach.

„Ja, natürlich, Katharina. Ihr Kleid, Cousine Katharina, ist wirklich sehr schön."

Katharinas Lallen wird von Lieschen übersetzt. In ihrem etwas steifen Deutsch sagt sie: „Das ist vorzüglich, dass es Dir gefällt, Cousin Frederik. Es kommt aus Paris."

„Ah", bestätigt der Prinz und nippt an seinem Sherry. Alexej fragt: „Was ist Paris?"

Frederik antwortet: „Die Hauptstadt von Frankreich, einer der schönsten Orte der Welt. Ich hoffe, dass ihr einmal dorthin kommt."

Wir nicken, die Kinder in komplettem Nichtverstehen.

„Und ihr habt euch gut eingewöhnt?", beharrt der Prinz. „Und wie steht es mit der Gesundheit?"

Katharina knurrt, ich sage rasch: „Ganz gut, bis auf gelegentliche Erkältungen oder ein Reißen in den Gliedern. Nun ja, ein bisschen Rheuma haben wir alle. Der viele Regen, wissen Sie."

„Oh, in Russland ist es aber kälter."

„Es ist nicht die Kälte, sondern die Feuchtigkeit, Eure Hoheit."

„Natürlich. Natürlich." Traurig blickt der Prinz auf seine großen Hände. Dann hebt er die Augen. „Herr Rittmeister, hat eigentlich je einer Ihnen für das gedankt, was Sie für die Familie tun?"

„Ich tue es nicht für Dank oder Belohnung. Solange ich gebraucht werde, bin ich bereit, meine Pflicht zu erfüllen."

„Wenige würden sich in diesem Ausmaß aufopfern."

„Na ja, als alter Onkel, um es einmal so auszudrücken, kann ich sie doch nicht im Stich lassen."

„Ce ne sont plus des enfants, Monsieur."

« Dans le cœur – et dans l'esprit – ils vont toujours rester des enfants, Votre Altesse. »

Die Kinder werden unruhig, und Lieschen wirft beinahe trotzig ein : „Französisch ich will auch noch lernen."

„Nun, zuerst musst du einmal dein Deutsch vervollkommnen. Und Dänisch lernen", sage ich.

„Ich schicke Ihnen gerne einen Lehrer, der Ihnen beide Sprachen beibringt", sagt Prinz Frederik. Die Kinder nicken eifrig, und ich sage: „Dafür wären wir Ihnen sehr dankbar, Hoheit."

Da Horsens wirklich sehr abgeschnitten liegt und kaum Nachrichten von außen zu uns dringen, erkundige ich mich bei dem Prinzen, was sich so in der Welt tut. Allerdings muss ich ihn von selbst auf das stoßen, was mich interessiert.

„Der preußische König soll ja ein so prachtvolles Schloss in Potsdam besitzen."

„Sans-Souci, ja."

„Waren Sie einmal dort, Hoheit?"

„Nein, das Vergnügen hatte ich noch nicht." Prinz Frederik räuspert sich. „Aber meine Mutter, die Königin, unterhält eine rege Korrespondenz mit Ihrer Preußischen Majestät."

Bei der Geistesverwandtschaft kein Wunder, denke ich. Ich streiche mit dem Finger über den Rand meines Sherryglases. „Die gute Kaiserin Maria Theresia weilt ja leider nicht mehr unter uns."

„Leider."

„Und Kaiser Josef scheint sich ja mit so vielen Neuerungen zu beschäftigen: ein Toleranzedikt, eine Justizreform, die Abschaffung der Zensur ..."

Die zusammengezogenen Augen und die gerunzelte Stirn unseres Gastes lassen mich jäh einhalten. Ich hatte vergessen, dass es seit Struensees Sturz in Dänemark wieder wie im finstersten Mittelalter zugeht. Rasch lenke ich auf ein anderes Thema über: „Und Russland führt wieder Krieg gegen die Türken, nicht wahr?"

„Tja, einmal mehr die leidige Krim. Sie wird wohl ein ewiger Zankapfel bleiben."

„Dabei ist es ein wunderschönes, ein sehr fruchtbares Land."

„Ach ja, Sie waren ja selbst dort."

„Mit Prinz Anton Ulrich, ja. Er hat sich wie ein Achill geschlagen. Ja, Prinz Anton Ulrich hat sich große Verdienste um Russland erworben."

„Die leider Gottes bald vergessen wurden. Aber wenn man auf die Anerkennung der Welt wartet ..."

„Muss man lange warten, in der Tat. Wie ist denn jetzt das Verhältnis der Zarin mit Großfürst Paul?"

„Nicht das beste, fürchte ich. Wenn Mutter und Sohn so schlecht miteinander auskommen ..." Der Prinz senkt seine müden Augenlider. „...dann ist das traurig, sehr traurig."

Auch im dänischen Königshaus, so habe ich vernommen, kommt man nicht besonders gut miteinander aus. Man spricht offen von Rivalitäten und Machtkämpfen. Aber warum soll man sich hierin von anderen Ländern unterscheiden?

Der Prinz muss der unbequemen Fragen müde sein, denn er wendet sich ziemlich unvermittelt an die Kinder: „Erlauben Sie mir, liebe Cousins, dass ich Ihnen noch nachträglich mein Beileid zum Ableben Ihres verehrten Herrn Onkels, Herzog Karl von Braunschweig, ausdrücke."

Den Onkel haben sie nie gekannt, und dass er noch kurz vor dem Tod sein Land mit seiner unglücklichen Finanzpolitik an den Rand des Ruins gebracht hat, wissen sie ebenfalls nicht. Pflichtbewusst übersetze ich die Worte unseres Gastes, und die Kinder bedanken sich überschwänglich.

Der Prinz ist im Begriff aufzubrechen. „Ist Eurer Hoheit noch ein Sherry gefällig?", fragt Madame Lilienfeld.

„Nein, vielen Dank."

Käthe raschelt in ihrem Pariser Kleid empor und macht lebhafte Handbewegungen. „Sie würde Ihnen noch gerne den Garten zeigen", sage ich.

Prinz Frederik seufzt leise, lässt sich aber zum hinteren Eingang leiten. Zuvor fragt er vorsichtig: „Haben Sie auch Haustiere?"

„Hunde und Katzen. Und alles, was Federn hat. Die Ki ... die Prinzen können davon nicht genug kriegen."

„Schön, schön." Ein leicht forciertes Lachen. „Gibt es ein Tier, das noch fehlt?"

Pjotr, der begierig an den blassen Lippen des königlichen Gastes hängt, sprudelt auf Deutsch hervor: „Tier ... Tier ... Oh, ich hätte so gerne einen Affen."

„Wenn es dein Wunsch ist, lieber Vetter", sagt Prinz Frederik, „dann lasse ich dir einen kommen."

5

Der Affe lässt auf sich warten, dafür kommt der Hauslehrer, Herr Gregorius. Die gewichtige Bohnenstange, der die Brille stets von der Nase rutscht, deren Perücke aber sehr straff sitzt, liest Deutsch mit den Kindern und bringt uns die Grundkenntnisse des Dänischen bei. Nicht nur Pjotr und

Alexej tun sich hier schwer. Es ist nicht so sehr das Vokabular, das ja viel Ähnlichkeit mit dem Deutschen hat, sondern die Aussprache. So viele Konsonanten werden verschluckt, und bleibt einmal einer stehen, muss man zuvor eine furchterregende Atempause machen. Diese Sprache so zu röcheln, wie es erforderlich ist, wird uns wohl nie gelingen.

Dann trifft endlich der Affe ein, in einem lustig bemalten, mit Bändern geschmückten Wägelchen. Das Tier lugt vorwitzig durch die Gitterstäbe und steckt einen Finger ins Maul, als könne es kein Wässerchen trüben.

Der Schein trügt, der Affe entpuppt sich als wahrer Teufel. Er klettert bis zur Decke, reißt die Vorhänge herab, wirft Vasen und Gläser um, zertrümmert das Geschirr und, vor allem, besudelt alles mit seinen Ausscheidungen. Am Ende unserer Kraft, beschließen wir, ihn einzusperren. Elisabeth erhebt Einspruch. Sie kann nichts hinter Gittern sehen, selbst den Stieglitz, den ihr Plöyart schenkte, ließ sie sofort wieder fliegen.

Dem Himmel sei Dank, wenig später macht eine Wandertruppe mit einer ganzen Tiermenagerie in Horsens Halt. Schweren Herzens tritt Pjotr seinen Affen an die ab, und wir sind den Teufel los.

6

Allmählich komme ich auf den Geschmack des dänischen Biers. Besonders im Norden liebt man es schwachschäumig, dafür bitter wie Wermut und dunkel wie Tabaksaft.

Am liebsten trinke ich es in einer der Kneipen, die man hier „Krog" nennt. Natürlich passt der obligate Rollmops dazu, den man mit Akvavit hinunterspült. Manchmal nehme ich die Buben mit. Mit offenem Mund blinzeln sie in den Pfeifenqualm und lauschen dem Stimmentumult, von dem sie sogar zuweilen ein paar Brocken verstehen.

Im „Krog" verkehrt ein buntes Völkchen: Handwerker, Kaufleute, Bürger aus besseren Kreisen. Am lautesten gebärden sich die Seemänner, die von der Küste herüberkommen. Einige haben die halbe Welt gesehen und können sich in Englisch, Spanisch oder Italienisch verständigen. Nur auf Russisch nicht.

Russland, das ist für sie ein Buch mit sieben Siegeln. Russland, das sind die eisigen Regionen, wo man die Menschen mit der Knute schlägt, in dicken Pelzen herumläuft und Wodka wie Wasser säuft. Unternehme ich den Versuch, sie eines Besseren zu belehren und ihnen darzulegen, dass dieses Land auch bessere Seiten hat, schütteln sie den Kopf, hauen die Zähne in ihren Rollmops und gießen grimmig den Akvavit nach.

Die Lehrstunden im „Krog" mögen nutzbringend sein, das Lernen im häuslichen Kreis ist doch gemütlicher. Die Wachskerzen verströmen einen wunderbaren Duft und blaken nicht wie die Talgfunzeln, die wir in Cholmogory gebrauchen mussten. In ihrem Schein genießen wir die abendliche Lektüre. Wenn die Jungen mal einen Blick in den Robinson tun, kann ich bereits froh sein. Den Mädchen habe ich versucht, „Die Leiden des jungen Werthers" schmackhaft zu machen, die finden sie aber gespreizt und unnatürlich. Lieschen liebt Fieldings „Tom Jones", den sie in der

deutschen Übersetzung liest, Käthe zieht den „Don Quijote"
vor.

Die Älteste hat viele Talente. So zeichnet sie gerne und
hat ein Porträt von mir gemacht, dass mich hoch zu Ross in
der Braunschweigischen Uniform zeigt. Ich seufze. Wenn
ich mich jetzt auch hin und wieder in den Sattel schwinge,
so liegt meine Glanzzeit als herzoglich-kaiserlicher Küras-
sier doch fast vierzig Jahre zurück.

Habe ich etwas Zeit, verfertige ich Schattenrisse von den
Kindern. Schön im Profil (Pjotr hat die markanteste Nase),
die Haare ordentlich von einem Band zusammengehalten.

Danach spielen wir eine Partie Schach, mit den Walross-
figuren, die Boris so kunstvoll geschnitzt hat. Oder ich gebe
dem Drängen der vier nach und erzähle ihnen etwas aus der
russischen Geschichte.

7

„Und Boris Godunow hat also den kleinen Zarewitsch Dimitrij ermorden lassen?"

„Ja, in Uglitsch. Aber niemand weiß genau, was damals
geschah. Es gibt keine Beweise. Vielleicht war es auch
Schuiskij, der den Mordbefehl erteilte."

Ich sitze auf dem Sofa, das große Geschichtsbuch auf meinen Knien. Mit angezogenen Knien daneben kauernd,
schmiegt sich Lieschen an mich, ihr Kopf auf meiner Schulter. Mich durchrieselt ein unsagbares Gefühl. Auch wenn

ich jetzt siebzig bin und der Liebe entwöhnt, ein solcher Moment tut einem doch gut.

„Weiter!", nuschelt Alexej, der mit seinem Stoffbären Wanja auf dem Teppich hockt.

„Ja, dann kam ein junger Mann, der behauptete, er sei der mit dem Leben davongekommene Zarewitsch. Wahrscheinlich war er aber ein aus einem Kloster entlaufener Mönch, der Grischa Otrepew hieß. Er gewann viele Anhänger, zog in den Kreml ein und wurde zum Zar gekrönt. Er konnte sich aber nur mit Hilfe der Polen und Jesuiten halten."

Käthe läßt kein Auge von meinen Lippen, aus Angst, es könne ihr etwas von der Erzählung entgehen. Jetzt stammelt sie: „Und ... Mauina?"

„Wurde mit ihm zur Zarin gekrönt. Aber eine polnische Kaiserin, das sahen die Moskauer nicht gerne. Als dann katholische Messen gefeiert wurden, empörten sie sich und stürmten den Kreml. Der falsche Dimitrij versuchte zu fliehen, er fiel aber vom Dach und brach sich das Bein. Die empörte Menge stürzte vor und stach ihn nieder."

Ein Zittern überläuft Käthes zarten Körper. „Guässlich", stöhnt sie.

„Ja, damals geschahen ganz schlimme Dinge. Schuiskij wurde zum Zaren ausgerufen. Es zog dann aber ein junger Mann gegen ihn, der ebenfalls behauptete, Dimitrij zu sein."

„Der Schelm von Tschudino", murmelt Pjotr, der schlaftrunken mit seinem Pudel Sascha spielt.

„Richtig. Dann wurde Schuiskij abgesetzt, und der Schelm kam an seine Stelle."

„Und Marina?", fragt Lieschen.

„Die gab an, der Schelm sei ihr Mann und der rechtmäßige Zar."

„Dann hat sie aber gelogen!", ruft Lieschen aus.

„Ja, aber sie war sehr ehrgeizig und wollte weiter Zarin bleiben. Der Schelm wurde bald besiegt, und es trat ein dritter falscher Zarewitsch auf. Auch von dem behauptete Marina Mnischek, er sei der erste Dimitrij, mit dem sie in Polen getraut worden war."

Ein solches Maß an Verworfenheit verschlägt meinen Zuhörern die Sprache. Ich beuge mich vor, um umzublättern, worauf Lieschen einen leisen Protestton von sich gibt. Mein Blick wandert zu der sächsischen Uhr, die unter dem wohlwollenden Blick eines vergoldeten Puttos vor sich hin tickt. „Euch fallen gleich die Augen zu. Wollt ihr nicht schlafen gehen?"

„Nein, nein", widersprechen sie im Chor. „Weiter! Was geschah dann?"

„Auch der dritte Lügendimitrij konnte sich nicht lange halten. Er und sein kleiner dreijähriger Sohn wurden umgebracht, und man rief Michail Romanow zum Zaren aus. Marina wurde in einen Kerker gesperrt, wo sie elendig umkam."

Die Geschichte hat die Kinder aufgewühlt, und ich merke, welche Assoziationen sie damit verbinden. Pjotr drückt den Pudel an sich. „Warum sind die Menschen so böse?", fragt er.

„Weil sie vieles haben wollen, das ihnen nicht zusteht. Die Macht verlockt sie, und wenn sie sie haben, wollen sie sie nicht mehr hergeben. So werden Menschen, die im Grunde gar nicht so böse sind, immer schlechter."

„So wie die Zarin Elisabeth?", flüstert Alexej, der starr auf den Teppich blickt, während ihm ein Speichelfaden aus dem Mundwinkel rinnt.

„Darüber", sage ich, „steht mir kein Urteil zu."   Ich schlage das Buch zu. „Und jetzt, meine lieben rasboiniki, ab ins Bett!"

Murrend fügen sie sich. Leicht wie eine Feder, gleitet Lieschen von meiner Schulter. Ihre Brüder schlurfen mit ihrem Viehzeug davon. Nur Käthe wendet sich noch einmal in der Tür um und mummelt: „Auch wenn sie bös wa, ich will doch fur sie beten."

8

In Käthes Zimmer brennt Tag und Nacht eine Lampe, für die jährlich fünfzig Flaschen provenzalisches Öl geliefert werden. Hier und vor den Ikonen der Heiligen verrichtet sie ihre unschuldigen Gebete.

Wir beten aber auch gemeinsam in unserer Kapelle, die nach etlichen Umbauten für Vater Wassilij endlich würdig genug ist. Während die anderen in die Gebete und den Gesang einfallen, halte ich mich im Hintergrund. Als siebzigjähriger Greis und guter Protestant nehme ich es mir heraus, dem Gottesdienst auf einem Stuhl beizuwohnen.

Wofür unsere Kinder beten? Nun, dass ihre königliche Tante sie endlich besucht. Jetzt, wo der erwachsen gewordene Kronprinz Frederik (der Sohn des geistesgestörten Königs) sie aus der Regentschaft gedrängt hat, um selbst nach dem Rechten zu sehen, müsste sie dafür eigentlich Zeit genug haben. Die Kinder, die keine nachtragenden Gefühle haben, sind ihr nicht gram. Sie vergessen niemals den Geburtstag der Tante und senden ihr jedes Mal ihre Glückwünsche mit einem kleinen Geschenk, zum Beispiel in Form eines selbstgestrickten Täschchens, in das sie deutsche Verse legen.

Eins haben die Gebete jedoch bewirkt: einen Jahrhundertwinter, wie man ihn nur aus der russischen Tundra kennt. Nachdem im Vorjahr infolge eines Vulkanausbruchs auf Island der Himmel wochenlang verdeckt war und giftige Gase Mensch und Tier dahinsiechen ließen, versinkt Europa jetzt unter arktischen Schneemassen. Zwischen Seeland und Fünen ist der Große Belt so zugefroren, dass man im Schlitten hinüberfahren kann. Die Schwächlinge von Skandinaviern bibbern und lamentieren, wir aber sind in unserem Element. Endlich können wir wieder rodeln, Schlittschuh auf dem Bygholm-See laufen, Schneemänner bauen, uns gegenseitig mit Schneebällen bewerfen. Pudel Sascha springt hysterisch bellend um uns, und vom Fenster sieht uns missbilligend Madame Lilienfeld zu.

Natürlich hat die Kälte ihren Preis. Koliken und Katarrhe plagen uns, gegen die Lebertran, Aderlass und Klistier wenig vermögen. Lieschen hat einen bösen Husten, der sich bis in den Sommer hinzieht. Pjotrs Arthrose hat sich so verschlimmert, dass sein Hinken Herz zerreißend ist. Was Alexej betrifft, so werfen ihn immer wieder Attacken des fallenden Übels aufs Krankenbett.

Wir behelfen uns mit Teetrinken, vom ordinären Fenchel und Tausendgüldenkraut bis zum exklusiven Ceylon oder Darjeeling. Nichts hilft wirklich. Die Ärzte machen immer dümmere Gesichter und vertrösten uns auf den Sommer, dann wird alles besser werden.

Wird es nicht. Der Schneeschmelze folgen Überschwemmungen katastrophalen Umfangs. Rhein, Mosel, Main, Elbe, eigentlich alle nord- und mitteleuropäischen Flüsse treten über ihre Ufer und richten verheerende Zerstörungen an.

Nur in dem nicht gerade an Wasserläufen reichen Dänemark geht es ruhiger zu. Vom Gartenpavillon schauen wir in den Regen und richten uns auf freiwilligen Hausarrest ein.

Dann kommt Helene, Plöyarts Nichte, und meldet in ihrem unter bewundernswerten Anstrengungen erlernten Russisch: „Syn korolja prosit nawestit wisit, pozhalsta!"

9

Wir starren den Besucher an. Nie habe ich ein Gesicht gesehen, das dem eines Pferdes so ähnlich ist. Nase, Wangenknochen, Kinn, alles ist lang in diesem fürstlichen Antlitz, auf das sich matte Augenlider vornehm senken. In dieser

Familie scheint Schwermut das auffälligste Merkmal zu sein.

Aber warum sollte Kronprinz Frederik nicht schwermütig sein? Seinen irrsinnigen Vater kannte er kaum, und er war vier Jahre alt, als man ihm seine Mutter entriss, die er nie wiedersah. Sein Erzieher Struensee gestattete ihm, in der freien Natur mit Bauernknaben zu spielen, kragenlose Hemden zu tragen, bei offenem Fenster zu schlafen, in Flüssen und Seen zu schwimmen. Damit war es vorbei, als man dem Erzieher den Kopf abschlug und die Mutter nach Deutschland verbannte. Jetzt wuchs Frederik unter den strengen Augen seiner Stiefgroßmutter auf, die ihm nicht einmal den Kontakt mit seiner Schwester Louise Augusta erlaubte, weil sie angeblich eine Tochter des verpönten Erziehers war.

Nun hat der Kronprinz die reaktionären Minister geschasst, die unbequeme Stiefgroßmutter und den lästigen Stiefonkel (Erbprinz Frederik) aufs Altenteil verwiesen. Für einen Achtzehnjährigen eine Leistung, der man nur höchsten Respekt zollen kann.

Ich verneige mich vor dem Pferdegesicht. „Welch große Ehre, Euer Hoheit."

„Es wurde in der Tat Zeit, dass ich mal vorbeikam. Mein Onkel, der frühere Regent, hielt mich zwar auf dem Laufenden, aber ich wollte mich mit eigenen Augen überzeugen, wie es Ihnen allen geht."

„Wir können nicht sagen, wie wir sehr uns darüber freuen, Königliche Hoheit."

Den Kinder raune ich auf Russisch zu: „Das ist Kronprinz Frederik, der einmal König von Dänemark werden wird."

Noch immer stehen sie gaffend da. Pjotr platzt heraus: „Ist der unser Cousin?"

Der Prinz bedauert: „Ich fürchte, nein. Ich weiß gar nicht, ob wir überhaupt miteinander verwandt sind, min ven. Äh, wie heißt das auf Russisch?"

„Moj drug", helfe ich aus.

„Moj drug ... Ich sehe, so schwer ist Russisch gar nicht. – Und was die verwandtschaftlichen Bande betrifft ..."

Wir grübeln beide angestrengt. „Vielleicht durch die Schweden?", schlage ich vor.

„Die Schweden, hm." Das Pferdegesicht zieht sich womöglich noch mehr in die Länge. „Ich führe zwar von Zeit zu Zeit Krieg mit König Gustav, aber sonst sind wir ganze gute Freunde. Ach ja, da fällt mir ein ... Seine Frau ist eine Schwester meines Vaters, also sind wir Vettern."

Arme Sofie Magdalene – wieder einmal eine dieser ungeliebten Königinnen, von denen unser Jahrhundert so viele aufzuweisen hat. Noch immer studiere ich das blasse melancholische Gesicht mir gegenüber. Wenn dieser Jüngling es ungeachtet jeden Widerstands und allen Feinden zum Trotz schaffen sollte, liberale Reformen durchzusetzen, die Dänemark ins nächste Jahrhundert katapultieren würden – dann kann man ihn nur beglückwünschen.

Meine Gedanken waren abgewandert. Ich zucke zusammen und versuche wieder ins Gespräch zu kommen. Lieschen sagt gerade: „Oh doch, Bücher sind uns immer willkommen. Besonders deutsche."

Ich füge hinzu: „Erst letzte Woche hat Pjotr ganz allein einen Brief an seinen Onkel Ferdinand geschrieben. In bestem Deutsch, ohne Fehler."

Pjotr errötet vor Verlegenheit, freut sich aber über das Kompliment. Der Prinz lächelt und sagt: „Ich kann euch aber auch Lutvig Holbergs ‚Niels Klim' empfehlen, eine sehr lustige Erzählung. Davon gibt es auch eine deutsche Übersetzung."

Entspannt durch die Ungezwungenheit, in die das Gespräch hinübergleitet, lehnt sich Prinz Frederik zurück und streckt seine langen Beine aus. „Gibt es sonst noch etwas, wonach euer Verlangen steht? Etwas für den Garten – vielleicht ein Springbrunnen?"

Wir sagen nicht ja und nicht nein. Lieschen überlegt. Dann meint sie: „Früher, da träumten wir davon, zu reisen, die Welt zu sehen. Aber das war ja nicht möglich. Jetzt wollen wir das gar nicht mehr. Wir sind zufrieden, so wie es ist."

„Tatsächlich?", lächelt der Kronprinz. „Ich würde – jetzt, wo ich schon einmal hier bin – Ihnen aber gerne einen Gefallen tun. Möchten Sie vielleicht etwas, das Sie an Russland erinnert? Etwa ein Badehaus?"

Käthe schüttelt den Kopf, und Pjotr brummt: „Davon verstehen die Dänen nichts."

„Wie bitte?", wundert sich der Prinz.

„Dafür sind unsere Diener zu dumm", erläutert Pjotr.

Jetzt schaltet sich Lieschen ein: „Unsere Diener wüssten gar nicht damit umzugehen. Sie sind wirklich dumm. Und unehrlich."

Ich erschrecke, und Prinz Frederik hebt eine Augenbraue. „Ja", fährt Lieschen fort. „Sie bestehlen uns. Dauernd fehlt etwas in der Vorratskammer oder in den Kleiderschränken."

„Wenn das wirklich so ist", sagt der Prinz, „dann muss ich mal ein ernstes Wort mit Kammerherrn Plöyart sprechen."

Ich sage rasch: „Ihr übertreibt, rebjata. So schlimm ist es nun auch wieder nicht." Worauf mich Pjotr zurechtweist: „Ach, wenn du beim Bier oder Akvavit sitzt, merkst du das gar nicht."

Lieschen bekommt einen Hustenanfall, und ich reibe mir die Nase. „Verzeihen Sie, Hoheit. Sie sagen alles gerade heraus. Sie haben nie gelernt, sich zu verstellen."

„Nun", sagt Prinz Frederik und erhebt sich. „Dann können sie von Glück sagen, dass sie nicht bei Hof sind." Nachdem er nach seinem Hut und seinem Stock Ausschau gehalten hat - beflissen eilt Helene mit beiden herbei - fügt er hinzu: „Aber Gott sei Dank müssen sie das ja nicht."

10

„Vi er ikke glade – my ne schastliwy – wir sind nicht glücklich." Es ist wie eine Fermate, die immer wieder in den Gesprächen von Katharina, Elisabeth, Pjotr und Alexej anklingt. Sie leben im Luxus, aber der bedeutet ihnen nichts. Um sie sind Menschen, deren Sprache sie kaum, deren Mentalität sie gar nicht verstehen. Sie haben sich in Dänemark nicht eingewöhnt, und sie werden sich dort nie zu Hause fühlen.

Das einzige Bindeglied zur Vergangenheit bin ich. Was aber wird sein, wenn ich einmal nicht mehr da bin? Werden sie allein zurechtkommen? Aber, das sage ich mir immer wieder, sie sind erwachsene Menschen: Sie werden es auch ohne mich schaffen.

In der Zwischenzeit müssen wir sehen, wie wir über die Runden kommen. Wir gehen nur noch selten in den Ort. Er hat in den letzten Jahren sein Gesicht geändert: Gut situierte Bürger wollen ebenso elegante Häuser wie wir bewohnen, und so wachsen in dem einst verschlafenen Städtchen ganze Straßenzüge im klassischen Stil konzipierter Patrizierbauten heran.

Anstatt unsere Zeit innerorts zu vergeuden, gehen wir lieber am Ende des Fjords spazieren, oder wir machen eine Ausfahrt mit der Kutsche. Ab Ende April breitet der Kirschbaum sein schimmerndes Blütendach über den Garten aus. Der Sommer bringt Erdbeeren und Kirschen, an denen man sich gar nicht satt genug essen kann. Im Herbst werden saftige Birnen und Weintrauben angeliefert, die den trockenen Gaumen erquicken, wenn man fiebernd im Bett liegt.

Immer öfters ziehen unsere Schritte zur Klosterkirche hin. Wenn ich durch das Gras stapfe oder über die Kieswege hinweg, muss ich aufpassen, denn ich bin nicht mehr so trittfest wie einst. Ich halte Lieschen am Arm, so dass man plötzlich nicht mehr weiß, wer wen stützt. Auch ihre Schultern sind gekrümmt, ihre Wangen eingefallen, und um ihre ausdrucksvollen blauen Augen ziehen sich Ringe. Ein gebückter alter Mann und eine vor der Zeit gebrechlich gewordene alte Jungfer, schleppen wir unsere gemeinsame Hinfälligkeit zum Tempel Gottes.

Wo einst die Gesänge der Franziskanerbrüder hallten, herrscht weihevolle Stille. Barocker Prunk gleißt seit kurzer Zeit unter den nüchternen Backsteingewölben. In gravitätischem Schritt ersteigen Engel und Propheten die Kanzel. Weitere biblische Gestalten, ein ganze Legion, drängen sich goldverkrustet auf dem Flügelaltar unter Christi Passion. Zwei eher skeptische blickende Stuckengel halten vor dem Chor ihre Flammenschwerter hoch, doch dem zögerlich vorantappenden Paar gewähren sie nachsichtig Einlass.

Zur Krypta sind es nur ein paar Schritte. Dort, längs der kahlen Mauer, ist eine Nische für die Gruft der Braunschweiger vorgesehen. Da sie nicht mit ihrer Mutter im Newskij-Kloster ruhen dürfen oder neben ihrem Vater und Bruder in Cholmogory (geschweige denn an der Seite ihres Urgroßvaters Iwan V. in der Peter-und-Paul-Festung, wo allen Romanows ihr Grab zusteht), hat uns der dänische Hof gestattet, in dieser soliden evangelischen Kirche beigesetzt zu werden.

„Es ist schön hier", sagte Lieschen, und, die kühlen Mauern der Gruft überfliegend, ergänze ich: „Und ruhig. Ich nehme an, der Erste, der hier einzieht, werde wohl ich sein."

Lieschens Finger krampfen sich in meinen Arm. „Was sind das für schwarze Gedanken? An so was darf man jetzt noch nicht denken."

„Es ist nie zu früh, daran zu denken. Aber ich hoffe, es macht euch nichts aus, wenn man mir links ein kleines Plätzchen einräumt. Denn schließlich gehöre ich nicht zur Familie."

„Wenn einer zur Familie gehört, dann bist du es. Und du bekommt den Ehrenplatz an unserer rechten Seite, das kann ich dir versprechen."

11

Ich habe mich geirrt. Nicht ich bin der Erste, der in die alte Klosterkirche einzieht. Nach langem Siechtum trägt das fatale Lungenleiden den Sieg davon. Zu unserer großen Bestürzung verlässt uns Elisabeth Antonowna in diesen grauen Herbsttagen, still und bescheiden, wie sie gelebt hat.

Der Hof in Kopenhagen richtet ihr etwas wie ein Staatsbegräbnis aus. Über das schwarze Tuch, das Kirche und Palais einkleidet, brandet ein Meer von Blumen. Man möchte glauben, es werde eine Königin zu Grab getragen, so viele Trauergäste sind aus ganz Dänemark und darüber hinaus angereist. Wir waren zwar ein Objekt der Neugier, manchmal auch der Aufdringlichkeit, jetzt zeigt sich jedoch, wie beliebt wir im Grunde in Horsens sind.

Kerzen flackern feierlich, und vor der Kirche stehen die deutschen Grenadiere und präsentieren ihre Gewehre. Auch wenn die deutschen Verwandten - die Häuser Hohenzollern, Habsburg und Braunschweig – keinen Finger für sie rührten, so haben doch die verbitterte Königin von Dänemark, der abgeschobene Prinzregent und der gar nicht betroffene, dafür umso pflichtbewusstere Kronprinz der Nachfahrin Michail Romanows eine ihr angemessene Beisetzung besorgt.

Der örtliche Pastor hält eine lange Rede auf Latein, die alle zu Tränen rührt, obwohl kaum jemand ein Wort versteht. Die orthodoxen Riten zelebriert Vater Wassilij, während seine beiden Assistenten in tiefem Bass die Totenliturgie nach Johannes Damascenus anstimmen.

Irgendwie hat man es geschafft, getrockneten Hopfen aus Braunschweig herbeizuschaffen. Damit wird der Boden des Sarges ausgelegt, den das Wappen der Familie Braunschweig-Lüneburg-Wolfenbüttel ziert. Man bettet den Leichnam hinein, der mit Kampfer, Alaun und Öl aus dem Heiligen Land präpariert ist. Das Herz unserer lieben Toten soll in einer vergoldeten Silberkapsel an einem Ehrenplatz beigesetzt werden.

Als alles vorbei ist, äußert Käthe in einem ungehaltenen Brummen ihre Missbilligung. So will sie, wenn es einmal soweit ist, nicht bestattet werden. Ihre letzte Ruhestätte will sie mit einem Leib, an den niemand Hand angelegt hat, an der Seite ihrer Geschwister in der Familiengruft finden.

Darum muss sie sich dann selbst kümmern. Denn ich werde nicht mehr da sein.

Nachtrag

Im Jahr 2008 stießen russische Archäologen, die auf dem Gelände der früheren Erzbischofresidenz von Cholmogory nach dem Grab von Prinz Anton Ulrich suchten, auf das Hieb- und Stichwunden aufweisende Skelett eines Mannes, der im Alter von neunzehn bis siebenundzwanzig Jahren mindestens zweihundert Jahre zuvor gestorben war. Aller Wahrscheinlichkeit nach handelte es sich um die sterblichen Überreste von Iwan VI.

Von Iwans Geschwistern starb Alexej im Alter von 41 Jahren am 22. Oktober 1787, dem Jahrestag des Todes seiner Schwester Elisabeth. 43 Jahre alt, folgte ihm Pjotr am 13. Januar 1789 ins Grab. Katharina lebte am längsten: Sie war 67 Jahre alt, als sie am 21. April 1807 in Horsens starb, wo sie in der Braunschweiger Familiengruft beigesetzt wurde.

Ein paar Jahre vor ihrem Tod hatte sie in einem Brief Zar Alexander I. gebeten, sie nach Russland zurückzuholen.

Auf dieses Schreiben erhielt sie nie eine Antwort.

Quellen

Valentin Gitermann: Geschichte Russlands. Athenäum-Verlag, Frankfurt am Main

Detlef Jena: Zar Iwan VI. Der Gefangene von Schlüsselburg. Universitas, München.

Henri Troyat: Terribles Tsarines. Éditions Grasset, Paris.

Simon Sebag Montefiore : The Romanovs 1613 – 1918. Alfred A. Knopf, New York.

Ewgenij Anisimow: Zhenschtschiny na rossiskom prestole. Piter, Sankt Petersburg

Internet Blog Dagmarya/dk

Zeitfracht Medien GmbH
Ferdinand-Jühlke-Straße 7
99095 Erfurt, Deutschland
produktsicherheit@kolibri360.de